RETABLO DE ALDEA:
Estampas dramáticas

por

José-Víctor Carreño, *Pipo Carreño*

Premio de dramas, en el
Concurso de Teatro regional asturiano,
convocado por la
Excma. Diputación Provincial de Oviedo

1941

fronda
ediciones teatrales

© Fronda ediciones teatrales
e-mail: palominomanuel@uniovi.es

Texto e ilustración: José Víctor Carreño y Suárez-Puerta
Todos los derechos de representación escénica
© herederos de José Víctor Carreño y Suárez-Puerta, 2019

ISBN: 978-0-244-24905-2

Dramaturgia Asturiana. Textos rescatados; 2

Colección coordinada y transcripción por:
Manuel Palomino Arjona

José Víctor Carreño y Suárez-Puerta, *Pipo* (Avilés, 1908-1974). Este dentista poeta fue persona de grandes relaciones en el mundo del arte, del pensamiento y de la farándula. Poeta de mérito, articulista, dramaturgo, pintor ganador de alguna medalla de bronce en el Salón de Otoño de Humoristas, fácil de palabra, polemista cáustico. Cursó estudios de Medicina en Santiago de Compostela y Madrid, escribiendo desde muy joven en el periódico *La Voz de Avilés*, donde publicaba sus críticas y entrevistas teatrales en el suplemento *Jueves literarios*, y otras publicaciones asturianas. Compaginó su trabajo con la de escritor, siendo premiado por algunas sus composiciones poéticas, impresas en ediciones para amigos, entre las que destaca su libro *Alba de ayer*, prologado Victoriano Crémer, fundador de la revista *Espadaña*, así como con la de dibujante, por la que obtuvo la medalla de bronce para noveles del XVII Salón Nacional de Humoristas en 1942. Durante el conflicto civil sufrió represalias en la retaguardia republicana, siendo detenido y procesado en 1937, acusado de espionaje y alta traición, al haber sido teniente odontólogo con destino en el frente de San Esteban de las Cruces. En 1962, junto a otros autores avilesinos, creó los premios Bances Candamo de teatro (1962-1968). Atrincherado en el Teatro Palacio Valdés, difunde estampas líricas, revistas musicales y comedias escritas en castellano, y dirigidas por él mismo, introduciendo un teatro ligero que tanta vigencia tuvo en Madrid. Además, llegó a formar una extensa biblioteca teatral, y mantuvo correspondencia regularmente con Ortega y Gasset, Antonio Buero Vallejo o Camilo José Cela. En su faceta de caricaturista, presentó la exposición *Monstruos consagrados de la escena española* (1972), poco antes de fallecer en accidente automovilístico, en el que también viajaba Fernando Wés, en Villalba (Lugo). Es autor de numerosas obras de teatro como *El retablo de aldea* (1940), la leyenda trágica *Contra corriente* (1939), estrenada en una función benéfica a beneficio de Auxilio Social, celebrada en el Teatro Palacio Valdés, *Andarina* (Compañía Asturiana, 1941), *Marejada* (1941), *Golondrina amiga o americano del pote*; la opereta *Ardides del juego son* (La Voz de Avilés, 1943), con música de Rafael Moro Collar, *El abanico de Fígaro* (1945), *La ejemplar fregona* (Teatro Palacio Valdés, 1946), con decorados de Fernando Wés, así como la estampa lírica *El alegre Serafín* (Teatro Palacio Valdés, 1950), además de la obra *Hojas de álbum*.

RETABLO DE ALDEA:
Estampas dramáticas

por
José-Víctor Carreño, *Pipo*

SVB LEGE LIBERTAS

En un lugar abrupto, geográficamente indeterminado, del mapa multiforme de Asturias...

ÉPOCA DE LA ACCIÓN

En una época cualquiera, porque las pasiones que en la tragedia entrechocan, se desatan en todas las épocas, cuando el espíritu de los hombres se asimila a un paisaje sáxeo, de grandeza y bravura singulares.

FIGURAS DEL RETABLO

LA SANTERA
EL AMA
LA HIJASTRA DEL CURANDERO
EL TONTO
LA MADRE
EL HIJO MENOR
EL CURANDERO (I)
EL MOLINERO
EL NOVIO
LA ZAGALA
LA SOLTERONA
LA MOLINERA
EL SACRISTAN
LA HERMANA DEL GALÁN
EL GALÁN
EL POBRE
EL OFRECIDO
LA EMBARAZADA

COROS

CORO DE HILADORAS
CORO DE MOZAS
CORO DE MOZOS
CORO DE VIEJAS
CORO DE PLAÑIDERAS
CORO DE VENDEDORAS
CORO DE MASCARAS
CORO DE HOMBRES
CORO DE MUJERES

TONO ASTUR

...sobre todo, donde todo es de Dios, el cielo pesado, grueso, pizarroso, azul grisáceo o gris azulenco, siempre con cuajarones pálidos de nubes... nunca monótono...

...allá, arriba, los atrevidos picachos imposesos, cuyos fastigios arañan irreverentes el vientre cóncavo del cielo, y que son como las almenas melladas del paisaje agreste, casi siempre degolladas por nubes desprendidas, que ya no son terrenas ni celestes...

...luego, donde todo es de todos, el declive sáxeo, pronunciado y difícil, cortado, a veces, en ángulo recto con el cielo, roca rota en masa viva...

...la vegetación, del uno y del otro, erizada en espesos pinares, negros de tan verdes, más abajo; allí donde ya la vista se atreve a ojear sin miedo al vértigo inverso: el de las grandes profundidades...

...enseguida, remendando los montes desde su nacimiento o hasta su muerte en el valle, los escaques exactos de los cultivos, casi casi paralelos a la vertical: el verde de la cosecha... el pardo del arado... el ocre de la humedad perenne... el pálido de la seca...

...en el valle, la espadaña enhiesta de la iglesia blanca... las cercas que se estiran y retuercen... los conos desteñidos de los almiares... los tejados rojos y las pétreas paredes... los caminos alagadizos y los vericuetos fangosos en todas las épocas...

... ¡y el río! El río soberano, alma y vida del paisaje; el río que se peina o se despeina monte abajo, desde las cumbres abruptas, eternamente encanecidas de nieve, desde más allá de las nubes aterrizadas, desde el ingente cielo pizarroso... y que corre enferaciente por la vega, dando su savia al mapa paludoso, hasta la lejana mar insaciable, a la que entrega su vida...

... y en el pueblo, ellos y ellas; los hombres y las mujeres. Y en cada hombre y en cada mujer, como en el paisaje, que les hace a ellos y no ellos a Él, Dios sobre todo... cumbres orgullosas... áridos declives... marañas impenetrables... suaves remansos... y vida... vida... ¡y la muerte fatal!...

JORNADA PRIMERA

…cuanto era mío, mañana será vuestro,
y el cuerpo, que será de los gusanos, tendrá más noble destino…

Ramón del Valle-Inclán: *Romance de lobos.*

Estampa Primera

Una cocina grande. Cabe el vasto hogar, en el que arden crepitantes unos coloños de leña bien reseca, el Tonto, abstraído en su labor, corta sobre la palma de la mano, mogateada de pringue, las hojas crujientes de una mazorca. Debajo del candil, que pende de la amplia campana, ahumada de siglos, la Santera, rugosa y arrugada, salmodia su rezo monótono sobre el tintineo de las medallas multiformes que cuelgan de su gastado rosario de huesos de aceituna. Varias viejas, que parecen talladas en obscura madera nudosa, hilan, formando un corro prieto, de movimientos suaves y de ropajes negros. Las lenguas rojas del fuego y la espiral del candil alargan y agitan las sombras sobre las paredes de la estancia, rotas por cicatrices de viejos desconchados. Contra el portón, trancado, de madera despintada, llama, tarazante, el viento ronco del invierno lejano, ladra tercamente un gozque a la luna hiemal, blanca y redonda.

La Santera: El Señor es contigo y bendita Tú eres… (*En la escalera que conduce al piso superior de la casería, ha aparecido, arremangada y blanca de años, pero también de harina, el Ama. Una de las hiladoras alza de la labor sus ojillos, inverosímilmente empequeñecidos*)

Una Hiladora: ¿Vas dando fin a tu faena, Ama? (*al Ama*) He de hacer, para mañana domingo, que a esta casa

15

corresponde hacerlo, un buen 'pan de caridad'. (II) *(Por la puerta más próxima a la escalera sale la hijastra del curandero, juvenil y gallarda, encendidos los ojos por el fuego frontero. En sus manos espumea una complicada sabanilla)*

La Hijastra del Curandero: Esta servilleta ha dicho mi tía que se lleve, como una cubierta de nieve, tapando el cesto en el que ha de colocarse el pan, una vez partido y bendecido, a la puerta de la Iglesia. *(Sacudiendo el mandil amplio y dejando en el aire, tras ella, una nube blanca de harina, el ama cruza hacia el hogar)*

El Ama: De la esquina enemiga, que en el horno se haga carbón, he de cortar el trozo que es obligatorio enviar a casa del vecino al que el domingo próximo le toca hacer el pan. *(Alza la curiosidad las cabezas del corro de viejas)*

Una Vieja: ¿Quién es?

El Ama: La viuda menos viuda de la aldea: la maestra.

Una Hiladora: De la subasta del pan de la semana última, regalado por la familia del Cosario, sacaron bastante dinero las benditas Ánimas del Purgatorio.

El Ama: Pues más aún han de sacar esta semana. *(Hase encorvado el Ama sobre el fuego y revuelve, con mano nerviosa, los encendidos leños que desprenden sobre el tonto toda una constelación de brillantes chispas)*

El Tonto: ¡Eh, Ama; que aún no soy yo Ánima bendita para que de este modo se me someta al fuego! *(Ríen las viejas al ver saltar, con ridículos aspavientos, al tonto y, contra la pared, hay una pavorosa revolución de sombras. La hijastra del curandero ha ido hacia el portón y lo entreabre sobre una noche nevada de luna)*

La Hijastra del Curandero: Ya el camino se cubre de nieve de luna clara y aún no oigo, por mucho que mi oído estiro por las sombras, los pasos de los que fueron a casa del pedaneo.

La Santera: ¡Pues sé, de buena tinta, que él ya tenía preparada, desde hace varios días, la carta dotal que habían de firmar! (III)

Una Vieja: Por seguro doy, a pesar de mis cortas luces, que una nueva habrán tenido que redactar. Suponiendo, desde luego, que lleguen ambas partes a un acuerdo.

El Ama: ¿Y por qué no han de llegar?

Una Vieja: Si tu ama se aviene a lo que el molinero pide para entregar a la novia...

El Ama: Para darle a su hijo la mujer que, entre todas, él eligió.... capaz es ella de quedarse como Dios la echó al mundo: con el alto cielo por cobijo y el camino duro por todo lecho, y vacías las manos, rugosas de años, de pan que llevarse a la boca.

La Santera: Como un erizo es, que hiere hasta a quien le acaricia, la que para sus hijos es como una rosa, que hasta al que la maltrata da perfume.

El Ama: Por ver están, entre estas cuatro paredes, las lágrimas que a los ojos de la madre arranquen las maldades de los hijos; que son los dos tan nobles... que sólo risas y besos han tenido ocasión de brindarles los labios de la que les dio el ser.

Una Hiladora: Quizá cuando el cantelo de la boda, masa fina de pan con azúcar y huevo, se reparta entre los invitados, al caer ya la tarde de las nupcias, la madre llore viendo alejarse de su vera, rumbo a otra vida, al hijo primogénito. (IV)

El Ama: Lágrimas serán esas de temor por la suerte del galán, ante el futuro incierto, que no egoístas por el bien perdido.

El Tonto: La hija del molinero es moza que puede satisfacer al mozo más exigente...

El Ama: Él, el más bizarro es entre todos los mozos.

Una Vieja: ¿No te ciega el cariño?... (*Vuélvese rápida el Ama, que, con los dedos huesudos, humedecidos de saliva, avivaba la luciérnaga exigua del candil*)

El Ama: Algún día lo hizo, pero al revés de cómo puedes suponerte; que era ya, para la vida, todo un hombre el que, para nosotras, seguía siendo un niño... y hubo de demostrárnoslo, soberbio de arrestos viriles, día solemne de la carrera del fin de la cosecha, cuando eliminando, por veloz, a los más fornidos mozos, disputó la última espiga, y se la ganó, al hijo del Cosario, considerado de antemano ganador de la competición.

Una Vieja: Torneo de pujanzes juveniles fue aquél, del verano moribundo, que aún parece revivir, como estampa imborrable, en mis ojos cansinos... altos... firmes... lobulados de dura musculatura... bronceada la piel del rústico trabajo a la intemperie... eran, tensos los dos, a ambos lados del surco postrero, dignos rivales el uno del otro. (V)

Una Hiladora: Y de pronto... obedientes a la voz de mando, como flechas gemelas de un mismo arco, partieron al unísono, como lanzados vertiginosamente hacia el elevado horizonte. ¡Como vibraban, bajo el cielo denso, punteando nerviosos el aire quedo de la tarde, los gritos alentadores de los partidarios rivales!...

El Ama: Quillas de pechos mozos, vivas de oleajes fatigados, cortaron el aire, y los pies juveniles taladraron el surco único, con agilidad increíble, en espacios más largos aún que su afán.

Una Vieja: A la par fueron mucho trecho... hasta que él dejó a su contrarincante perdido en la sombra, larga y negra, de su avance victorioso.

El Ama: Y cuando, ganoso de gloria, llegó a la linde del tajo y alzó enhiesto la espiga última, talmente parecía en su mano diestra, temblona de cansancio y emoción, el cetro de oro fino de un monarca montaraz.

Una Hiladora: Un rayo ascendente, con zigzag de notas quebradas, fue, en el día espléndido de fin de verano, el grito estridente con que rubricó su triunfo.

Una Vieja: Y el clamor unánime que coreó su éxito fue trueno tempestuoso que desgarró las gargantas de los entusiastas.

El Ama: Y hasta el mismo sol, caído, con la agonía del día, sobre el horizonte bravo, parecía besar al vencedor, de cuya piel, lienta, arrancaba irisaciones de nácar vivo.

La Santera: Sin embargo... tiene razón el Ama. Al cortar la espiga dorada, cortó las caricias débiles de la mano materna, que, junto a mí, tembló de orgullo... pero también de entrañable nostalgia.

Una Hiladora: Aún me parece ver, avanzando cara el lejano sol que las doraba, a las dos mozas que, portando la tosca macona, recogieron, en ella, de las manos campeonas, la espiga postrera de la cosecha... Y comprendí, al verle a él acercarse a la madre y ofrendarle el trofeo de su consagración viril... que le ofrecía, al

19

mismo tiempo, el hombro vigoroso en el que apoyarse para ir por la vida...

El Ama: ¡Aquel día el que, por la mañana, saliera por esa puerta entre mimos de niños... por la noche, entró por esa puerta entre halagos de hombre!...

La Santera: Lo malo es que... desde aquella fecha, quien sólo pechos amigos tropezaba en su camino, hubo de topar más de una vez, con una espalda hostil; ¡qué el que no supo perder noblemente aquella tarde, y rehuyó violento la mano del rival afortunado, tampoco supo, luego, perdonar y olvidar la derrota sufrida en la liza!

El Tonto: ¡Como que hasta quiso impedir, con malas tretas, que su hermana siguiera su noviazgo con el pequeño de esta casa!

La Santera: ¡Pues menos ha de olvidar quien por saber no olvida, la derrota mayor que hoy se le inflige!... *(Un gato, grande y negro, ha venido a acurrucarse cerca del fuego, sobre la piedra larera, rajada por los años y por ellos suavizada. Las sombras del nocturno, del que se ausentó la luna, tragáronse la figura airosa de la hijastra del curandero y una voz lejana llega hasta la cocina, poniendo el fondo de sus notas y el colofón de sus estrofas a los comentarios de las viejas)*

El Galán: El que sufre por amores
              no se puede consolar;
              que el amor es cosa triste,
              ¡muy difícil de olvidar!...

El Ama: Él, ahora, está en relaciones con la hijastra del curandero...

La Santera: Pero en el pecho guarda el resquemor de la otra...

La Vieja: La gran avaricia del Molinero impidió, cuando ya todo estaba dispuesto, la firma del tratado...

Una Hiladora: Sólo el desprendimiento de tu ama hará posible que hoy no ocurra otro tanto...

La Santera: ¡Los miles de pesetas corren emparejados en la carta dotal, como el novio y la novia lo han de estar ante el altar de Dios!

Una Vieja: ¡Y todos los terrenos del monte vanse de las manos que tan bien les cuidaran... para nuevo dueño!

El Ama: Pues aún rezonga quejas, murmullos de pozo sin fondo, entre sus labios sedientos, el padre de la novia.

La Santera: Padre... ¿has asegurado?...

El Ama: ¡No entiendo de sangres, Santera!

La Santera: Pero oyes, ¡que oído afinado tienes para que no se te escape palabra bien pronunciada!

El Ama: ¿Quiere tu malicia hacerse eco de la historia de adulterio y abandono con que adornan la frente sombría del Molinero quienes de él no saben mucho más que vosotras?

El Tonto: ¿Sabe acaso tu ciencia, Ama, algo más que lo demás?

El Ama: Ni un renglón añado a vuestros conocimientos, que vi al Molinero, por vez primera, por este valle, cuando sin dientes ya, de puro vieja, yo, y sin dientes aún, de puro joven, la niña que le acompañaba, apareció inseguro en este paisaje, nuevo para él, por los caminos que vienen de otras tierras.

Una Vieja: De tierras lejanas venía según aseguró, donde las caserías no se refugian humildes en el fondo de los

21

valles, como aquí, sino que desafían orgullosas desde los altos de las montañas.

La Santera: Pero pronto quienes saben leer entre dos reglones y aún oír entre dos palabras, comenzaron a decir que ni él era viudo… ni la niña hija suya… que mujer, ¡y moza!, había que, por el mundo, rodaba… y que, huyendo de su vergüenza, a refugiarse venía él a nuestros riscos… Y que, burla sangrienta de su propia burla, con él traía el fruto del amor de quien jamás por él lo había sentido. *(En el corro de viejas hay sonrisas de bocas enjutas y los ojillos versutos brillan entre las arrugas)*

El Ama: Pálida había de ser la verdad… y de vivos colores había de vestirla la mentira.

Una Hiladora: Vida de mártir lleva, junto al Molinero, la niña que ya dejó de serlo.

La Santera: ¡Oh, vida de encelada! Que hay quienes aseguran que si hace un año hicieron imposible la boda de la moza las exigencias del Molinero, ahora repetidas y aumentadas, fue porque, fiel trasunto de la mujer que amó, para sí quiere el hombre a la rapaza. *(Irrítase el ama y se encara desabridamente con la santera que zorrocloca, en la sombra del grupo de hiladoras, ríe de su atrevido comentario)*

El Ama: Por la casa en la que estás, ¡calla!… ya que por tu propia dignidad no lo has hecho. *(Sobre el fondo negro, sin paisaje, de la noche, ábrese el portón y en su recuadro aparece una figura prócer de mujer, a la que acompaña la hijastra del curandero)*

La Madre: ¡Sea la paz entre la gente amiga! *(Sorprendida, al oír la voz grave de la madre, vuélvense las viejas hacia la puerta, con crujidos de telas y arrastrar de sillas, y el semicírculo pártese en dos arcos)*

El Ama: Distraída con la charla… no te sentí llegar. (*Dominadora, el gesto severo y seca la palabra, entra la madre en la cocina. En la puerta ha aparecido su hijo menor*)

La Madre: Si los trabajos que hacer tuvieras fueran con la lengua, nadie en el mundo cumpliría mejor que tú. (*El coro de mujerucas cerca a preguntas a la recién llegada*)

Una Hiladora: ¿Habéis redactado el tratado?

Una Vieja: ¿Habéis firmado la carta dotal? (*Sin prestarles gran atención, cruza la madre el grupo de las hiladoras, aproximándose al hogar. Tal que, en los prolegómenos de un rito piromántico, extiende las manos sarmentosas sobre la lumbrada que la baña de tintes rojizos. Cohibido por su presencia, hase retirado, contra la ahumada pared, el tonto*)

La Madre: Todo se ha hecho ya.

La Santera: ¡La alegría apenas nos permite expresarte como nos satisface esa noticia!

Una Vieja: ¡Claro que más grande, sin duda, ha de ser tu contento!… (*Inmutable el rostro y obsesivamente fija la mirada en el grupo de las hiladoras, da paso hacia ellas la madre*)

La Madre: Pues si dices lo que piensas, te engaña tu pensamiento. (*De nuevo atraviesa la madre, con andar resuelto, la cocina. Atemorizada, buscándole una mirada que teme, se la acerca la hijastra del curandero y le ayuda a quitarse la manta y la manteleta que traía sobre la cabeza*) Tú, sobrina, saca vino y corta unas lonchas de jamón para tu padre y para el Molinero… qué aún no he acabado de dárselo todo a ese grandísimo ladrón. (*El hijo impúber, nervioso, se aproxima a la madre*)

El Hijo: ¡Madre!… (*Mírase tiernamente la madre en los ojos, vidriados por la pena, del muchacho y, con voz suave, rica en cariñosas inflexiones, dícele su pesar*)

23

La Madre: Sólo siento, hijo mío, en lo más profundo de mi pecho, que no por quedar yo en la indigencia... sino porque no poseo ya otro tanto, como lo que hoy he tenido que entregar... el día en que tú te cases, no llevarás al matrimonio una fortuna tan fabulosa...

El Hijo: No todos los padres son como el Molinero.

La Madre: ¡Dios en su gran bondad, son contados los monstruos que lanza sobre la humanidad! (*Vibra en las palabras rotundas de la mujer, el odio incontenible que la agita*)

La Santera: ¿Tanto fue lo que te pidió para entregar la novia?

La Madre: Tanto... que pienso que se hace necesario devolver la fama al Cosario, a quien todas teníais por avaro y mal padre porque no firmó, ahora hace justamente un año, el tratado que de él exigía el Molinero. El pobre Cosario no podía entregar ¡ni la mitad de lo que ese individuo pedía!

La Santera: ... ¿y tú qué le diste? (*Lejana, óyese la voz de un hombre que canta*)

El Novio: Junto al molino, madre,
huele a romero.
Porque allí vive, madre,
la que yo quiero!

La Madre: Era el precio de lo que mi primogénito cree que es su felicidad.

La Santera: ¡Alta te la tasaron!...

El Ama: ¡Por alta la pagó!

La Madre: ¡Solo me resta pedirle a Dios... que valga tanto! (*Con las últimas palabras de la Madre aparecen en el hueco del* *portón, abierto sobre la noche, el Molinero enhiesto sobre los años, y el Curandero, doblado bajo la edad)*

El Curandero: ¡Ave María Purísima!

Una Vieja: Sin pecado concebida….

El Molinero: ¡Buenas noches!…

La Santera: ¡Que así sean! *(Hosco y receloso, ha quedado el Molinero en pie, en el centro de la estancia, espiando a todos bajo el cobijo de sus cejas enmarañadas. El Curandero cruza renqueando hacia el hogar y espanta el frío que trae, manoteando violentamente. Grande y negro, el gato ovíllase en el rincón más distante y su pelo sedeño erízase, como barruntando peligro. El Ama desde el portón, mira a la lejanía)*

La Hijastra Del Curandero: ¡Tomen ustedes algo!…

El Molinero: Sólo vinimos para que, con nuestra compañía, la soledad del camino lo fuera menos para mi consuegra…

La Santera: ¡Y que no hay, en todo el contorno, quienes, en la noche, se muevan con la seguridad de ustedes!… *(Dando la encorvada espalda a las llamas, sentóse el Curandero en la piedra larera)*

El Molinero: ¡No acierto a comprender sus palabras, Santera!…

La Santera: Rara es la noche en que no se ve marchar al Curandero, con paso recto, rumbo al molino…

El Molinero: No es ningún secreto lo que allí le conduce.

El Curandero: ¡Yo he procurado, más de una vez, explicarlo así! *(Tiembla ligeramente la voz del Curandero y sus ojillos apagados parecen rehuir la mirada fija del Molinero)*

El Tonto: ¡Ya!… ¡La famosa "gaceta"! (VI)

El Curandero: La curiosa "gaceta" que la casualidad, siempre buena amiga mía, puso en mis viejas manos.

25

El Tonto: ¿Y cómo es, Curandero, esa "gaceta"?

El Curandero: Es una hoja que se abarquilla terca, abrazando en su curva, patinada y lustrosa, el tiempo, sobre ella, ya realizado en siglos… Cuéntase en ella en la lengua sencilla y complicada de nuestros antepasados lejanos, y con unas letras extrañas, fáciles de línea y difíciles de trazado, que casi no logra descifrarse si son tales o son notas, y, que probablemente sean más notas que letras… que, en cierto paraje de esta comarca, hay, oculto a los ojos curiosos, pero no al afán, un tesoro fabuloso. Un carbunclo, dice, que compite con el propio sol.

El Tonto: ¿Y es durante la noche cuando ha de ser hallado el raro tesoro?

El Curandero: Así lo dice la "gaceta". Que ha de ser en plena noche y que, para apoderarse de él, ha de cubrírsele con una gruesa manta de lana. (*Impaciente y contrariado por la relación del viejo charlatán, arréglase el Molinero el embozo de su manta e inicia bruscamente la despedida*)

El Molinero: Tarde es ya en demasía. Mi hija estará sola en el molino y, aunque no es mujer a quien la noche atemorice, es mi deber darle compañía en estas horas y aquellas soledades… (*La voz del hombre que canta va acercándose paulatinamente*)

El Novio: Al dejarte, molinera,
          no siento tanta agonía…
          ¡porque tengo la certeza
          de que pronto has de ser mía!

La Santera: ¡Hasta que otro hombre, joven y enamorado, comparta con ella las horas del trabajo y las horas del amor! (*La malicia rijosa de la santera provoca un contenido eco de risitas en el coro de viejas y ruboriza a la hijastra del curandero que, apresuradamente recoge los vasos, no usados, puestos sobre la mesa. El ama, entretanto, ha abierto el portón*)

El Ama: ¡He aquí al afortunado amante! (*Retírase la anciana a un lado para dejar paso al mozo que llega*)

El Novio: Buenas noches… (*Adusto, vuélvese el Molinero de espaldas al recién llegado y con gesto conciso despídese del grupo de hiladoras*)

El Molinero: Adiós a todos…y hasta siempre. Y a usted consuegra, adiós, también.

La Madre: Pero a mí, no como a todos; a mí, ¡hasta nunca! (*Las palabras rotundas de la Madre azotan brutalmente el rostro del Molinero, que se detiene sorprendido. El novio, temeroso, corre junto a la Madre*)

El Novio: ¡Madre!…

La Madre: A mí… ¡hasta nunca! (*El curandero púsose en pie, recortándose a contraluz ante el fuego titilante, y el grupo de ancianas, atemorizado, repliégase en la sombra*) Mientras el aire silbe su rencor entre mis labios… mientras la sangre brame enfurecida en mis mejillas… mientras la cólera se contenga, cuajada, al borde de mis ojos… no ha de pisar el quicio de esa puerta quien tan mal nos trata, quien tan mal nos quiere. (*En los ojos del novio, que se inclina ante la madre, hay un lumiar de angustia. Ella, erguida sobre el último escalón, como buscando pedestal para la magnitud ingente de su rencor, marca sin un temblor en el brazo extendido, en ángulo recto con el cuerpo, el portón cerrado sobre el enigma absoluto de la noche*)

El Novio: ¡Pero, Madre!... (*El rostro del Molinero se ha contraído en una extraña expresión que, por indescifrable, no lo es. Hay un frufrú de faldas alarmadas y, asustado, el gato, grande y negro, huye por la puerta entreabierta del corral*)

La Madre: Con esta mano, que he de restregar, una y mil veces, contra los muros de esta casa... que he de quemar, con saña, con los tizones de ese hogar... he firmado la derrota de mi orgullo. Pero con esta mano, que amasó la fortuna que él se lleva... que hizo fértil el suelo que él pisoteará... que encarriló tus pasos que él guiara a su antojo... he de rubricar el triunfo de mi dignidad. ¡Fuera de esta casa para siempre, porque esta casa es mía y si me la hubiera reclamado, también... ésta no, ésta no se la daría, porque, antes de que fuera suya, había de verla consumirse, reducida a pavesas, por el fuego que yo misma, sin un titubeo, en ella encendería; que el techo que albergó hombres del temple de los míos, no puede cobijar seres de la ralea suya! (*Un halo de cólera fría parece apartar a todos de la figura magra de la madre, que, abnuente, va desgranando entre los labios contraídos, el largo rosario de sus agravios. Sólo los hijos, a ambos lados de la mujer señera, parecen dejarse arrastrar, ímbeles, por su odio. Sin perder el rostro, en una vuelta cobarde, el molinero, lentamente, encamínase hacia la puerta*)

El Molinero: Está bien, mujer... Está bien...

La Madre: No amenace; ¡que ya todo está hecho, Molinero! Donde murió mi orgullo, murieron sus derechos. (*Al abrir el portón, con mano resuelta, el molinero, una ráfaga de viento frío penetra en la estancia, revolviendo las faldas amplias de las mujeres y apagando súbitamente el candil, que cabecea colgado de la campana del hogar. Queda la cocina iluminada tan sólo por* *las llamas del lar que recortan, falsamente inquietas, en negro, sobre las desconchadas paredes, las figuras de los presentes)*

El Molinero: Buenas noches. (*Sobre la negrura inmensa de la noche, bátese la puerta. Poco a poco van perdiéndose, entre los ruidos del nocturno, las recias pisadas de Molinero por los caminos en sombras. Las hiladoras, empavorecidas, no atinan con la debida actitud. Baja la frente y baja la palabra, el novio, humildemente, enfréntase con la Madre, que, cerrados los párpados sobre su rencor, parece ajenarse de los presentes)*

El Novio: ¡Madre!... (*Lentamente, como volviendo de un mundo extraño, la Madre, con gesto cansino, solivia los ojos sobre la cabeza rendida del hijo y su voz, transfigurada, quiébrase sollozante en una caricia)*

La Madre: Perdóname, hijo mío... (*Ante la Madre en deliquio, llora silenciosamente el mozo vegeto. Albaranes de emoción, áireanse en la estancia los pañuelos duros de las ancianas)*

El Novio: ¡Perdóneme usted, Madre!... (*En el silencio de la cocina óyese el ruido sordo de los esquilones en el corral vecino. Entre hipos contenidos, el ama, signándose, en el centro del grupo de hiladoras, dice su comentario)*

El Ama: Y así... han rodado las primeras lágrimas... (*Un leño chisporrotea estridente en el hogar y el viento tarazante bate el portón sobre la noche insondable)*

Estampa Segunda

...El mundo está por suerte poblado de ciegos, porque,
si fueran vistos pensamientos y deseos so la carne y el hueso,
la mayor parte de los humanos morirían de vergüenza.

Ramón Pérez de Ayala: *Tigre Juan*

Amplio zaguán, todo de piedra, en la casa, ya medio ruinosa, en que habita el Curandero. Cruza por delante un camino rajado por las ruedas de los carros. Un grupo de mozas y mozos, unos sentados, en pie los más, rodean a la Molinera, que pacientemente va escribiendo en unas cortas tiras de papel. Hay risas y caricias. Sólo la hijastra del Curandero, apoyada contra la pared de la casa parece desentenderse de la general algazara. Un sol agonizante baña en oros las viejas piedras resquebrajadas del edificio.

Una Zagala: ¡No escribáis ese nombre entre los devotos! Tiene la frente prieta y rajada, igual que un terreno arado...

Una Solterona: Pues ¡échale simiente!

Una Zagala: ¡Y la cabeza calva y lustrosa!...

Un Mozo: ¡Como que hasta los pensamientos resbalan en ella!

El Sacristán: ¡Tres palabras de casamiento se le han escapado ya por entre los dientes mellados!

Una Solterona: ¡Y no han vuelto, que es lo peor! (*Ríen, con gorjeo de pájaros, las mozas*)

El Sacristán: He de advertiros que yo, como Sacristán, sé que ese tal no lleva sobre las espaldas carga mayor de 42 años.

Una Zagala: ¿Cuarenta y dos, has dicho, Sacristán? ¡No lo metáis entre los devotos, que ese número es múltiple de siete, y cada siete años, pone el gallo, y ese tal lo es, un, huevo grande, grande y verdoso, con el ovillo venenoso de una serpiente enrollada, larva de su maldad de macho, en lugar del oro blando de la yema! (VIII) (*La muchacha hase incorporado, alteradamente, y ha lanzado su discurso con voz emocionada y rápido decir, entretanto han salido de la casa el Curandero y el Molinero*)

El Curandero: Buenas tardes a todos.

Los Mozos: Buenas tardes... (*Remuévese el grupo juvenil para dejar paso libre a los dos compadres*)

El Molinero: ¿Piensas aguardar la noche en la aldea? (*La voz del Molinero, al dirigirse a su hija, es cortante, sin flexión alguna. Ella mírale temerosa y las palabras parecen titubear en el fondo de su garganta*)

La Molinera: Sólo el tiempo preciso para concluir de escribir los devotos a estos amigos...

El Molinero: En esta época del año, las sombras enseguida hacen intrincados los caminos... y de aquí al molino, hay más de una hora, por una geografía complicada...

La Molinera: Aún pienso que la luz del atardecer me lleve hasta allá... (*El molinero ha salido a la carretera y, tras él, lo hace el curandero*)

El Molinero: Seguir bien...

Una Solterona: Igualmente. (*Avanzan, carretera adelante, los dos compinches. El sol enrojecido, en su agonía, pone llamas de fuego en los ojos misteriosos del molinero*)

El Molinero: Esta noche, sin excusa alguna, te espero.

El Curandero: ¿Nada ni nadie te hará rectificar esa descabellada idea?

31

El Molinero: Yo pienso, primero, las ideas… y peso, luego, las palabras… pero cuando en el aire he clavado, con palabras, una idea… la ratifico siempre con mis hechos.

El Curandero: Sabes bien que siempre estuve conforme y siempre colaboré en todos los asuntos que proyectaste y realizaste… pero éste…

El Molinero: Repito que esta noche, sin excusa, has de ir al molino. (*Se pierden, tras un recodo del camino, el molinero y su cómplice. El parloteo animado del grupo de jóvenes parece alegrar el atardecer*)

El Sacristán: La tradición, primitiva y eterna religión ingenua de los pueblos, manda poner una devota más que los devotos.

Una Solterona: Seguro que, como tal día de fin de año, hoy hace doce meses, he de ser yo la que se queda con los dos brazos libres en el aire.

Un Mozo: En los pueblos, siempre, los mozos podríamos ocupar, con talle de moza, la anilla acariciadora de los dos brazos.

Una Solterona: Si hubiera mozas que, en su desesperación impúdica, se avinieran a anillarse con el brazo izquierdo del mozo.

La Molinera: Esa lejana mar, limitada, allá en Occidente por los países engañosos del oro y de la fiebre, se lleva de estas tierras tantos y tantos hombres… (IX)

Una Solterona: Celosa de las mujeres, que también ella sigue soltera.

La Molinera: Virgen es, clamante incansable, retorcida de deseos, sobre la que no se echa, bárbaro y, decidido desde el cantil empinado, ningún río macho.

Una Zagala: ¿Tu hermano ya no entra en el sorteo?

El Hijo: Pues claro que no. No querréis dejar a la Molinera compuesta y sin novio...

El Sacristán: El bozo que a tu hermano le ensombrece hoy la cara, satisfecha de esperanzas, el vello es que ha de afeitarse la víspera de su boda con ésta.

Una Solterona: Tampoco meteréis, por lo tanto, a la Molinera.

La Molinera: No. Cómo han de meterme a mí, cuando ya tengo armado, como un cestillo de ilusiones, en la corraliza del molino, el carro en el que he de transportar mi ajuar de casada, con la cama de matrimonio, nevada de revueltos encajes, en lo cimero... (XI)

La Hijastra del Curandero: ¿Y vosotros dos, primo, vais a entrar?

La Hermana del Galán: Si entráis tú y mi hermano...

(Anublásele el rostro a la hijastra del curandero que, perdida la mirada en quién sabe qué ignoto paisaje, suspira lentamente)

La Hijastra del Curandero: Ha de derretirse, más de una vez, en agua transparente, la nieve blanca que encanece las cumbres de la vecina sierra... y ha de rodar hasta la mar lejana, cortando en dos el mapa... antes que tú llamarme puedas con el nombre de hermana.

El Hijo: Con calma tomáis el camino de la Vicaría, prima.

La Hijastra del Curandero: ¡Antes de dar el paso que cambia, absolutamente, nuestro antiguo rumbo, hay que afianzarse bien sobre el camino a pisar!

El Sacristán: Pues ahí tienes el báculo para tu avance.

(Bizarro, fuerte, musculoso, acércase al hastial, iluminado de frente por el sol ya caído de la tarde, un mozo joven)

El Galán: Buenas tardes.

Una Solterona: Lo sean para ti también. (*Contenida su ilusión por un extraño temor, que la frena, sale la hijastra del curandero al encuentro de su novio*).

La Hijastra del Curandero: Desde la última vez que nos vimos... cuántas horas y qué largas, por tu ausencia.

El Galán: Cuando se es pobre, como yo lo soy, que no poseo más caudal que el vigor juvenil de mis dos manos, curtidas en la dura labor diaria... ¡ni el tesoro fácil del tiempo se posee!

La Hijastra del Curandero: ¡No le pidas al deseo que razone!

El Galán: ¡Ni tú al deber que sienta! (*La preocupación parece ensombrecer el rostro del galán. En el grupo del zaguán, la molinera procura disimular la inquietud que le sobrecoge*)

La Hijastra del Curandero: ¿Dónde se pierden tus ojos, de llamear sanguinolento, que, más allá de mi presencia parecen bucear por un paisaje extraño, que ya presiento enemigo? ¿Qué buscas, después de haberme hallado?

El Galán: ¡He hallado, como siempre, silbando molestamente en mis oídos, nunca a ellas acostumbrados, el temblor agonioso de tus eternas suspicacias! (*La hijastra del curandero, mordiéndose los labios, en los que pugnan por brotar los sollozos, mira con manifiesto rencor hacia el grupo del zaguán, donde la molinera parece abstraída en su labor de escribir*)

La Molinera: ¡Cómo se echa de ver que, vuestra inexperiencia, ignora que el amor no se hilvana tan sólo con caricias, sino que se abre paso con heridas! (*Decidido, el galán da unos pasos hacia el zaguán e interviene, bruscamente, en la conversación general*)

34

El Galán: Yo sé más de eso que nadie. (*Instintivamente, previendo el ataque del hombre, la molinera se ha puesto en pie y clava, con mirada angustiada, sus ojos en los del galán*) Amar es ser río, que entrega todo su caudal al mar; ¡no es ser arena agria, para la que toda agua es poca! (*Nervioso sin poder contenerse, al oír las palabras, fácilmente comprensibles, del galán, el hermano del novio se pone en pie y fija su mirada, ensombrecida por la línea continua de las cejas fruncidas, en el rostro altanero y desafiante del hijo del Cosario. Vidriados de lágrimas contenidas, en las que verbenean las últimas luces de la tarde, los ojos tristes de la hijastra del curandero, perdiéndose en una lejanía que le es indiferente. La molinera, baja la frente inmóvil, parece petrificada por la contumelia que ha borrado la sangre de sus mejillas. Hay un silencio violento en todos los presentes, y, de pronto, tras las casas vecinas, surge una voz varonil que lanza al aire las estrofas de una canción*)

Un Cantante:

> A la moza más hermosa
> de todos estos contornos,
> con amor no se la logra,
> ¡que hay que comprarla con oro! (XII)

(*Recelosos los ojos de delatar el pensamiento unánime, refúgianse cautos tras la muralla temblorosa de los párpados. El galán, sin mirar a la hijastra del curandero, que nada dice ni demuestra, aléjase de la casa*)

El Galán: Luego, quizá vuelva… (*Un suspiro entreabre los labios resecos de la hijastra del curandero*)

La Hijastra del Curandero: ¿Quizá, dices?… ¡Nunca sabe mi anhelo cuando esperarte, pues cuando no lo agitas, sorprendido, lo amargas, más y más desesperado!

El Galán: ¡Está bien, mujer! ¡Con Dios!

La Hijastra del Curandero: ¡Cuánto duran tus ausencias… y cuán poco tus estancias!… (*Las mozas y los mozos, en el zaguán, recogen sus papeles entre burlas y risas contenidas*)

La Hermana: ¿Ya te vas, hermano?

El Galán: Sí. He de hacer aún varias cosas… (*Dando el rostro al sol vencido, aléjase el galán*)

El Sacristán: Vamos hasta casa de la Maestra.

La Hermana: Ella quedó en hacer el recuento definitivo.

El Hijo: ¿Tú no nos acompañas, prima?

La Hijastra del Curandero: Quedó en venir a verme tu madre y es mi deber aguardarla.

El Hijo: ¿Y tú tampoco vienes?

La Molinera: Es ya muy tarde. He de irme; ¡qué miente la luna por los senderos peligrosos del monte, seguridades que el pie, luego desmiente!

Una Solterona: Bien… Pues hasta mañana, si Dios así lo quiere (*En grupos y en parejas, inician la marcha, saltando sobre las hondas rodadas que tatúan el camino, entre risas y procacidades, los mozos y las mozas. Delante de ellos, tras un grupo de casas, ha desaparecido, sin volver la cabeza a su bullicio, el galán*)

La Molinera: Voy a recoger el cesto que dejé en tu cocina…

La Hijastra del Curandero: Yo aguardo a tu suegra.

La Molinera: … qué Dios haga…

La Hijastra del Curandero: ¡Qué Dios haga! (*Preocupada, entra en la casa la molinera. Se enrojece paulatinamente todo el paisaje, como si el sol se desangrara para morir. Sola, por medio del desigual camino, recortada a contraluz por el crepúsculo, llega la madre*)

La Madre: Buen fuego arderá en tu hogar, sin duda alguna.

36

La Hijastra del Curandero: Sin duda alguna.

La Madre: ¡Pues déjame espantar, con los gritos acobardados de las llamas, este frío hiemal que me atiranta toda!

La Hijastra del Curandero: ¡Frío es éste en el que se adivina ya la proximidad de la muerte del año! (*Entran en el zaguán al tiempo mismo que, en el quicio obscurecido de la puerta de la casa, aparece, y queda quieta, la molinera*)

La Madre: ¿Aún por aquí, tan avanzada la tarde?...

La Molinera: Ahora mismo me iba para el valle... (*Sin prestarle más atención, la madre, seguida de la hijastra del curandero, entra en la casa. El gesto temeroso, el andar vacilante, la molinera sale del zaguán. Una campana, muy lejana, toca quedamente a la oración. Devotamente, santíguase la moza y emprende la marcha, carretera adelante. Se enrojece más y más el cielo sobre las casas. Croan las ranas en las cuatro direcciones. La molinera avanza, mirando con recelo el camino que, ante ella, van tragándose las nubes bajas de una niebla espesa. De pronto, una mano viril se apoya en su hombro, deteniéndola*) ¡Déjame!...

El Galán: Ahora... pero, luego, como tantas y tantas veces, como siempre... iré al molino. (*Al lado de la mujer, que trenza en una súplica desesperada las manos, está, enrojecida de sol, la figura arrogante del galán*)

La Molinera: ¡No me pierdas... y te pierdas tú!

El Galán: Iré, porque el corazón, recio, acallando la razón, debilitada, me ordena ir.

La Molinera: Anoche estuviste. ¡Lo sé! Y fuiste tú, ¡tú!, el que, delatando torpemente tu presencia, lanzaste en medio del camino la cayada que él había dejado apoyada simbólicamente en el quicio de mi puerta.

El Galán: La cayada apoyada en tu puerta quería decir que era tu dueño... y tú no serás suya nunca... porque no puedes serlo, porque eres mía... como yo soy tuyo. (XIII) (*De perfil contra el poniente, en sombra, están frente a frente el hombre y la mujer. Dos sombras de mujer han aparecido en el zaguán de la casa del curandero y hanse detenido al ver al galán y a la molinera en el centro del camino; la más juvenil ha vacilado, pero la más alta, sin una vacilación, le ha aplastado la mordaza de su mano sobre los labios estremecidos*)

La Molinera: Te engañas. ¡Antes de ocho días seré su esposa ante los hombres y ante Dios! (*La firmeza de las palabras de la hembra la desmiente la flojera de sus intuitos, que no pueden resistir el duro mirar del macho*)

El Galán: ¡No! ¡No puedes serle ante los hombres, porque, pecho a pecho o a traición, ¡si a traición quieren quitarme tu cariño!, no habrá hombre que te lleve al lecho de novia mientras yo rujo el fuego de un deseo que sólo en la fuente de tus besos puede ser apagado! ¡No.! ¡No puedes serlo ante Dios, porque Él sabe que es a mí, ¡a mí sólo!, y no a otro, a quien tú quieres.

La Molinera: Calla... ¡Por favor, calla!... (*Entregada, la molinera se vence entre los brazos tenaces del galán, que, rijoso, le habla casi rozando, con los labios voraces, sus mejillas, congestionadas por el violento galopar de la sangre*)

El Galán: Esta noche, cuando el Ofrecido, desde el alto pico que, abrazando el mapa, se mira en el mar distante, lance su mandato... estaré esperándote, junto a la acequia... como ayer, como mañana... como siempre... (XIV) (*El brazo suave y frío del viento decembrino les abraza audazmente las caderas, y la boca enfebrecida del hombre estrújase voluptuosa sobre la de la mujer en deliquio. Todo el paisaje, bajo*

38

los livores del crepúsculo, es ya una sombra continua, en la que croan las ranas estridentes e incansables en los cuatro puntos cardinales. Las dos sombras de mujer se han replegado a la sombra protectora de la casa. Y lejana, muy lejana, muere una copla, entonada por una voz viril)

El Novio:

> "Molino, que mueles trigo…
> agua, que le haces moler…
> recuerda a la Molinera
> que es para mí su querer!"

Estampa Tercera

"No te acerques al estanque:
tendrás el pecho hondo y frío y tembloroso del agua".

Josefina de la Torre: *Versos y estámpas.*

Un paisaje todo azul de noche, todo blanco de luna. La espesura de un bosque cierra totalmente el horizonte, que se supone elevado, ya que la luna, para poder mirarse en el claro espejo de la acequia, ha tenido que ascender, por un paisaje celeste de nubes rápidas, y lanzarse casi perpendicularmente sobre el valle. Emblanquecido por la luz lunar, recórtase sobre la fronda que le circunda la arquitectura pesada del aislado molino En la quietud tranquila de la noche se oyen mezclados en suave confusión los ruidos nemorosos. Del molino han salido dos personas: son la Molinera y el Novio.

El Novio: ¿Por qué esta prisa, hoy, porque me vaya?

La Molinera: Temo que, como anoche, la tormenta, inesperadamente, convierta los caminos y senderos del valle en ríos de agua y fango.

El Novio: ¡Pero… si brilla la luna, nevando el arbolado negro del bosque con su plata!…

La Molinera: ¡Pero empieza a llover!… Mira en la calma rumorosa de la acequia, a los árboles vecinos agitarse temblorosamente, bajo un extraño viento inexistente.

El Novio: Son románticas lágrimas de la vegetación que en ella se mira.

La Molinera: Y temo, también, a los lobos. La nieve se ha extendido, como un sudario hostil, y las fieras, de noche, rondan por estos contornos.

El Novio: ¡No hay lobo que a mí me aparte de tu camino!

La Molinera: ¡Y los bandidos! ¡Son ya muchos los atracos, los robos… los crímenes… que han poblado de terror este paisaje!

El Novio: ¡Es tan difícil vencer al imán de tus miradas!

La Molinera: Pues cerraré los párpados, decapitándola (*Con alegría juvenil, el novio arrastra a la molinera hacia la acequia*)

El Novio: Ven. Mírate en la acequia, toda blanca de noche, y dime, luego, si consideras fácil marchar de tu lado.

La Molinera: ¡No! No, te mires ni me mires en esas aguas sin fondo. (*Viendo el horror retratado en el rostro de su prometida, se detiene el novio*)

El Novio: ¿Temes el vértigo de su quietud?

La Molinera: No; no es eso. Es que… una noche, cuando la luna hacía de la acequia un espejo de bruñida plata… vi en sus aguas contenidas la imagen negra de un hombre, interpuesto entre ellas y el alto cielo claro. Y mis ojos, desorbitados de sorpresa y de espanto… vieron que aquella imagen, colgada del borde de piedra y recortada en el infinito azul… tenía el pecho cóncavo y profundo, como la acequia… y que en el lugar en el que el corazón debía de latir… sólo la quietud inquietante de la acequia se mostraba a mis ojos. ¡No; no te muestres ni me mires en esas aguas sin fondo! (*Hay una pausa durante la cual se insifican los ruidos todos del bosque*)

El Novio: ¿Quién, dime, osó turbar con su presencia la soledad augusta de este valle? ¿Quién manchó con negra jacilla las purísimas sendas de su luna? ¿Quién llegó, dime, quién, por la ruta rival del desafío, hasta esa puerta, sólo a mi afán dócil? ¿Quién espantó tus sueños, sólo míos? (*Brillan los celos en los ojos crecidos del novio que,*

41

encarado con la molinera, la acosa con su interrogatorio apremiante)

La Molinera: ¡Nublan los celos tus ojos... y vibran en el timbre de tu voz!

El Novio: ¿Te extrañas?... ¿No te amo?... ¡Pues cómo no sentirlos!

La Molinera: Y di tú: ¿no te quiero?... Pues, ¿cómo disculpar el que de mí los tengas?...

El Novio: Es que tan sólo aquí, en la cerrada soledad de este hondo valle, bajo la guarda adusta de tu padre, me atrevo a abandonar lo que es la razón única de todos mis anhelos.

La Molinera: Muy pronto nuestros cuerpos se unirán, para ir por la vida, como se unen ahora, en una sola sombra, la sombra de tu cuerpo con la mía.

El Novio: Pero, dime, ¿quién era?

La Molinera: Un caminante. Un caminante, de cálido mirar y acento bronco, que, extraviado quizá, en su insegura ruta, buscó, en estos parajes, lenitivo a su sed.

El Novio: Fuentes propicias hubo de topar en su marcha.

La Molinera: Mas sus labios resecos sólo apurar sabían agua, como ésta, quieta...

El Novio: Pues que siga su marcha el caminante, sin que la vista vuelva a este paraje. (*Con firme decisión, con manifiesto deseo de que así sea, ratifica la molinera el deseo del novio)*

La Molinera: Eso es: que no vuelva nunca, ¡nunca!; ¡qué no turbe jamás ya nuestra calma! (*Abrazada fogosamente por el que pronto será su esposo, la molinera parece obsesionada por extraño temor)*

El Novio: Dime: ¿me quieres?

La Molinera: Sí. Puedo jurarlo

El Novio: ¿Sólo mía serás?

La Molinera: ¡Ser toda tuya quiero! (*Torna a sentirse inquieta la mujer y empuja terca al hombre, que aún la abraza*) Pero, ahora, debes irte. ¡Ese perro, que su gañir malagorero alarga en la noche, hiere, con él, mis carnes y todo, en derredor, me produce un pavor incontenible! (XV) (*Un perro, en efecto, ladra y ladra insistentemente a la luna*)

El Novio: ¿No quieres, pues, que aguarde a que tu padre vuelva?

La Molinera: ¿Cuándo vuelva mi padre?... ¿Quién sabe cuándo vuelve?... (*Hay un crujir de ramas en el bosque y los rayos de la luna se quiebran contra el metal del cañón de una escopeta. Ni el novio ni la molinera se dan cuenta de que, tras un árbol próximo, el galán les está mirando*)

El Novio: Un velo opaco quita brillantez a tu voz. Algún lobo atrevido, al que no ahuyentó el ruido de nuestro conversar, ronda por este valle... y ha clavado, sin (XVI) darte cuenta de ello, sus ojos encendidos en tu cuello.

La Molinera: Puede ser... puede ser... Pero tú, vete.

El Novio: Tranca la puerta, y marcharé tranquilo.

La Molinera: Hasta mañana.

El Novio: Hasta mañana.

La Molinera: ¡Adiós! (*Entra la molinera en el molino y óyese el ruido de la tranca, con que afianza el cierre de la puerta. El galán se ha perdido, como una sombra más, entre las sombras nemorosas. El viento entona su canto susurrante, entre los árboles faltos de hojas del bosque, y el cernidillo llora suavemente sobre la acequia. El novio, pensativo, en lugar de tomar el camino del pueblo, por el que avanzan dos sombras, ocúltase en la fronda.*

Hay una pausa en la que se oyen las pisadas de los dos que se aproximan y, al fin, la luna descubre al molinero y al curandero)

El Curandero: Francamente… yo no quisiera tener que mezclarme en ese asunto. Desde lo más profundo de mi ser, algo, que no sabría mi torpeza discernir si es respeto… o es temor… parece rebelarse contra lo que tú proyectas hacer. Los hombres son los hombres… y ni los temo ni los temí nunca… pero… ¡Dios es Dios!

El Molinero: Eres aún novicio en la lucha por el triunfo mejor, y sientes pueril repugnancia a poner tus manos inexpertas sobre lo que te enseñaron a creer inviolable. Pero yo, con más vida de azares a la espalda que ante los ojos, te digo: también a mí la tradición… o lo que fuera, con palabras dignas de todo crédito, me enseñó a creer en la inviolabilidad de ciertas cosas y de ciertas personas… mas la realidad, con hechos incontrovertibles, me demostró cuan fútiles eran tales cosas y cuan frágiles eran tales personas; lo que me habían asegurado que era mármol imbatible, comprobé que era solamente barro deleznable.

El Curandero: Yo aún no me atrevo a pronunciar esas palabras. No tengo pruebas en qué apoyarme… (*Habla el molinero aplomadamente, seguro de sus ideas y de sus palabras, mientras el curandero, cabizbajo, enreda distraídamente en su escopeta)*

El Molinero: ¿No?… Recuerdas que, a orillas del salto de agua, a la espalda misma del pueblo, abríase a los vientos, con majestad insolente, un árbol viejísimo, tatuado con innumerables costurones, como si el tiempo implacable, se hubiera ensañado contra él, gastando en herirlo inútilmente sus uñas…

El Curandero: ¡Sí!... El Árbol de la Xana. (XVIII)

El Molinero: Así le llamaban, de generación en generación, vertiendo el fanatismo del labio del viejo en la credulidad del oído del joven, por elevarse en el sitio en el que, según la tan creída leyenda, fue encontrada, en los albores de la Historia, el hada que ordenó la fundación de este pueblo.

El Curandero: Sé cuánto dices...

El Molinero: Viejo... podre... sin vida... una mañana luminosa de aquel sol magnífico que él, enhiesto, parecía querer coger con sus ramas retorcidas, como agonizantes serpientes... con estrépito horrísono, que hizo tambalearse alarmantemente las paredes de las casas todas del pueblo, hallando eco conmovido en toda la extensión del valle, se vino al suelo... ¿recuerdas?... y el río, paliando la derrota de la leyenda, que tan de cerca le atañía, le sepultó entre el torbellino de sus aguas... ¿Recuerdas?... ¡Tus ojos le vieron!

El Curandero: Sí...

El Molinero: Era una de vuestras más arraigadas tradiciones la que, con el árbol milenario, se desmoronaba.

El Curandero: Ya...

El Molinero: Cercano a su decrepitud había otro árbol reciente, sin leyenda alguna que a él se refiriera; próximos antepasados vuestros le habían visto surgir a la sombra del otro...

El Curandero: En efecto. Dicen si lo había plantado allí un ingeniero de los que vinieron a estudiar el salto...

El Molinero: ¡Qué rudo golpe para la leyenda! Mientras el árbol añoso, que os había enseñado a creer, inconmovible, se tronchaba en derrota... el árbol

45

nuevo, débil en apariencia, entre el pueblo, donde triunfa cada día el hombre, y el río, donde esa tradición canta eternamente... sigue en pie. (*Lentamente comienza a hablar el curandero*)

El Curandero: Te equivocas. El río, embravecido y rugiente, bajo la cellisca, ayer desencadenada, lo ha rebasado, y las aguas sanguinolentas de barro, ahorcaron su tronco juvenil... y el árbol joven ya nunca más separará al hombre, como tú dices, de la tradición.

El Molinero: ¡Bah! Las aguas volverán a su cauce...

El Curandero: Una exhalación del cielo, como alfanje de fuego, ha partido el árbol... y las aguas rugientes lo han arrastrado río adelante, a favor de la corriente indomeñable, hacia el profundo mar.

El Molinero: ¡No es cierto!

El Curandero: Mis ojos, que contemplaron la caída del árbol viejo, legendario, han visto también desaparecer el árbol nuevo, sin historia. Fue, sin duda, un castigo a su insolencia. (*El molinero, bañado plenamente por la luz lunar, hase quedado pensativo*) No intentes tú, como el árbol joven, aplastar con tus manos vigorosas aquello que, por alto, ni aún alcanzar puedes con ellas.

El Molinero: Cuando se posee un brazo tan potente como el mío, nada hay que sea inaprehensible.

El Curandero: Por encima de lo antiguo, apoyado en la tradición, ¡ya lo has visto con el árbol viejo!, y por encima de lo nuevo, revalidado por el éxito, ¡ya lo has visto con el árbol joven!, hay algo.

El Molinero: Hay lo que hace castañear los dientes y trepidar las carnes, por haber cerrado antes los ojos... el miedo.

El Curandero: ¡Te empeñas en no ver con tu experiencia lo que yo preveo en si ignorancia…

El Molinero: Mi mirada valiente, que se tiende, más allá del horizonte, por la lejanía infinita… desprecia tus miradas cobardes, que tentalean, ante tus mismos pies, por espacios reducidos.

El Curandero: Así, pues, ¿insistes es dar ese golpe?…

El Molinero: ¡Naturalmente! Ni la persona del Sacerdote me impone temor alguno, ni los muros del templo avivan en mí prejuicios que nunca me cohibieron.

El Curandero: ¡Allá tú! Hasta mañana.

El Molinero: Hasta mañana. (*Toma el curandero el camino del pueblo, que serpentea monte arriba, alejándose del valle. El molinero, recortada su mole gigantesca por la luz lunar, va a entrar en el molino cuando siente ruido a sus espaldas. El novio, empalidecido de rabia y de luna, se ha plantado en el centro del calvero*)

El Molinero: ¡Te suponía mi lógica en la aldea!

El Novio: Más le hubiera valido a mi tranquilidad, perdida ya, sin salvación posible, que un turbión de celos no me hubiera decidido a quedarme aquí, oculto… para comprobar lo que jamás hubiera podido sospechar mi suspicacia. (*La mano potente, agarrotada sobre la puerta. Va el molinero dejando caer pausadamente, una a una, sus palabras, sin darle cara al mozo*)

El Molinero: Eso es cosa de la luna… de su veneno blanco, que se infiltra en nuestros cerebros y nos trastorna más aún que el alcohol caliente de las bebidas.

El Novio: ¡No vayamos tan alto, no subamos a las regiones celestes… que es aquí abajo, sobre la tierra misma, donde hemos de afincar bien, sin perder pie… porque el suelo, hostil, parece huir de la negrura de nuestras sombras!

El Molinero: Mejor será que vayas para la aldea y allí, en el silencio de tu noche, ¡una de tus últimas vigilias de soltero!, medites, poniendo en la balanza la cabeza... y el corazón, si eso que tanto te altera, poniendo fuego en tus pupilas y temblores en tus labios es verdad... o es tan solo un sueño...

El Novio: No quería el asombro dar crédito al oído delator, y reñía la comprensión con la evidencia que por los ojos se me entraba... igual que ahora las palabras, para ser arrojadas en el aire, han de pasar sobre mi conveniencia, sobre mi honra y sobre mi amor.

El Molinero: Amordázate, entonces en silencio, que las palabras que pronuncies ahora... escritas quedarán, como si con fuego las trazaras, en la carne viva del que con calma tiene que escucharte. (*El rostro del novio parece descomponerse de vergüenza y de ira*)

El Novio: ¡Callar sería hacerme cómplice de quienes, con el légamo más alto que el codo, saltando por encima de los hombres, osan poner sus manos ya... ¡hasta en Dios! (*Cansado de escuchar las feroces acusaciones del novio, se le encara terrible el molinero*)

El Molinero: Y sin embargo... ¡callarás! Estoy bien resguardado contra los rayos de tu cólera. Tu felicidad, hecha carne en mi hija, me defiende de tu imprudencia.

El Novio: Por ella precisamente, por sacarla del barro, al peligro me lanzó de hundirme yo en él.

El Molinero: Y te hundirás. Si no con nosotros, callando... frente a nosotros, delatándonos. La honra de los tuyos, soldada al nombre del viudo de la hermana de tu madre:

soldada al nombre del Curandero, será la garantía de mi seguridad.

El Novio: ¡Se engaña! Mi honra es mía. Destrozada la casa de quien da nombre a la que ha de ser mi mujer; a la luz de la justicia su vergüenza… destrozada la casa de quien lleva el nombre que yo llevo; entregado al castigo el cuñado de mi madre… sobre la deshonra del que al mundo la trajo, para cubrirla de ludibrio… sobre la deshonra de quien conmigo emparentó, para salpicarme de ignominia… ella y yo, con la luz de la inocencia iluminando nuestras frentes, sabremos rehacer nuestras vidas donde el recuerdo de lo que a nuestras espaldas hemos dejado, no ensombrezca tarazante nuestras horas. (*Con las últimas palabras, el novio inicia el camino del pueblo*)

El Molinero: ¡Piénsalo bien!…

El Novio: He ahí el monte inextricable. Entre sus rocas, guarecidos en hoscas cavernas, viven los lobos; la noche es la amiga de sus hazañas… Pero al llegar el día, en el valle y en la aldea, no hay lobos. No puede haber lobos, porque los hombres que aquí y allí habitan… no pueden convivir con las alimañas. ¿Comprende?… Si antes la compañía de los lobos no le atrajo, con los livores de la amanecida, comprobará que mi resolución es firme. (*Marcha, con paso decidido, el novio. Una calígine espesa entenebrece el valle. Hay una pausa durante la cual el molinero no da la menor señal de vida*)

La Pobre: Una limosna, hermano… (*Junto al molinero hay un mísero despojo humano*) Todas las horas, luminosas o sombrías, son iguales para hacer el bien… o para hacer el mal… (*Longíncua, debilitada por la distancia, óyese la voz*

49

distante del Ofrecido, que va cayendo sobre los valles desde el más alto monte del contorno)

El Ofrecido: ¡Vecinos!...

La Pobre: ¡El Ofrecido!... ¡Media noche! Muere un año... para dar vida a otro... La vida es eso: muerte. *(Renqueando, sube la pobre hacia la acequia)*

El Ofrecido: ¡Vecinos!... Cuando el reposo llega a vuestros cuerpos, aquí, en la tierra, acordaos que, allá, en el Purgatorio, aún no llegó para las Ánimas...

La Pobre: La vida es eso: ¡muerte!... *(Quiébrase en una risa siniestra la postrera palabra entre las encías descarnadas de la vieja, que se pierde en la noche impenetrable)*

El Molinero: La vida es eso; ¡muerte!... *(Con la decisión pintada en el semblante, el molinero rasga la noche con un largo silbido. Entre la fronda, lejana, vuelve a oírse la risa lúgubre de la pobre. Hay un silencio que corta el chirriar de la puerta del molino)* ¿Qué buscas, a estas horas, en la noche?

La Molinera: Me pareció oír...

El Molinero: ¡El ruego del Ofrecido!

La Molinera: ...y un largo silbido.

El Molinero: ¡Nunca sería a ti, de todos modos! *(Turba secamente el conticinio un tiro, que despierta un guirigay de pájaros en el bosque)*

La Molinera: ¿Eh?... ¡Un tiro! *(Corre el molinero junto a la muchacha y coloca reciamente la mordaza cálida de su mano musculosa sobre la boca de ella)*

El Molinero: ¡Calla!... *(Los ojos, luciérnagas en la obscuridad, de la moza, atenazada entre los brazos potentes del molinero, parecen querer saltar de espanto)*

La Molinera: ¡Él!... ¡Él!... ¡Dios mío!... (*Suavemente, como una llama azotada por viento adverso, la molinera va doblándose entre el círculo recio con que la abraza el molinero*)

El Molinero: ¡Calla!... ¡Tú qué sabes!... (*Desmayada la moza, cógela el gigante y, con ella en los brazos, entra en el molino. En el silencio, que ha vuelto a enseñorearse, del valle, óyese, lejanísima, la risita cascada de la pobre y, de nuevo, la voz del Ofrecido*)

El Ofrecido: Cuando el reposo llega a vuestros cuerpos...

Estampa Cuarta

*Oh, ¿qué mayor favor puedo rendirte que
el de agostar la juventud de tu enemigo como él secó la tuya?*

Shakespeare: *Romeo y Julieta.*

*En la plazuela paludosa, cruzada por una desigual senda
enmorrillada, óyense los cantos fúnebres que llegan de la iglesia, en cuyo
pórtico, sobre un túmulo de pasos negros ribeteados de amarillo, está,
abierta, de cara al cielo pizarroso de la mañana del primer día del año,
la tosca caja que guarda el cádaver del novio casi totalmente cubierto de
flores. Dos cirios arden a ambos lados del catafalco y verbenean su
efímera luz por los innumerables charcos del lugar. Sobre el muro
blanco y liso del vecino cementerio, cinco cipreses, escuálidos y obscuros,
parecen los cinco dedos de una mano ultraterrena en actitud de
detención. Una vieja enlutada y una zagala, medio oculta la cara
apicarada entre el revuelo de la manteleta, sacan del templo una mujer
en meses mayores.* (XVIII)

Una Vieja: Ya te decíamos que no debieras venir al
funeral... pero... como tuviste ese antojo... y está tu
carne y tu sangre en meses mayores...

La Embarazada: ¡Esa madre!... esa madre!... ¡Esos ojos
que, como lanzas negras, parecen enrejar la Iglesia, por
encima de todos los orantes, y clavarse como aguijones
agoniosos de justicia, en el rostro rajado del
Crucificado!...

Una Zagala: ¡No debiste haber venido! ¡Tu capricho puede
ser malo para lo que has de traer a la vida!

La Embarazada: ¡Esa madre… esa madre!… ¡Esa dura escultura, tallada reciamente por el dolor, con los labios rayados prietamente en el rostro falto de lágrimas, con un rictus seco, en el que no se descifra si muere una plegaria o nace una maldición!…

Una Zagala: Mejor es que la lleve de aquí y que se acueste un poco. Los lamentos de las plañideras, pueden hacerle mucho mal.

La Embarazada: ¡Quiera Dios, en su infinita misericordia, que nunca me vea como esa pobre madre se ve hoy, amortajada en negro, agotadas las lágrimas y roncos los sollozos, junto al cuerpo yacente del hijo de mis entrañas! *(Salen de la iglesia, cubierto el rostro con negro velo y portando sendas jarras de plata y redondos y tostados panes, el ama y una sirvienta. Al cruzar junto al féretro, con solemnidad de rito, se inclinan reverentes y besan el palo del túmulo)* (XIX)

Una Vieja: ¡Vámonos, que ya salen las servidoras portando las obladas!… *(Apoyada la cabeza en el hombro de la anciana que la prende materialmente por la cintura, aléjase la embarazada, quebradas sus palabras por hipos y sollozos)*

La Embarazada: ¡Esa madre… esa madre!… *(Deshiladamente han ido saliendo, el paso tardo, el ademán solemne, hombres y mujeres, enlutados y severos, que al cruzar ante el catafalco, trazan sobre los rostros seriamente inmutables, la señal de la cruz. Nervioso entre los humos olorosos del incensario, sale, también a la plaza el sacristán)*

El Sacristán: ¿Qué?… ¿Dónde está?

Una Zagala: Ahora mismo se ha ido.

El Sacristán: Mal está que yo, precisamente, lo haga, pero esta noche sin falta, raspo el ara. (XX)

53

Una Zagala: Como que, diga el Cura lo que diga, y niegue el Médico lo que niegue, el polvo de ara, mezclado con agua hervida, es lo mejor para salir bien del trance y evitar que lo que haya de ser sea antes de cuando la naturaleza tiene marcado. (XXI)

El Sacristán: ¡Mucho sabéis ahora las solteras! ¡En mis tiempos, las mozas no hablaban de estas cosas!…

Una Zagala: E iban al matrimonio con los ojos más prietos que si fueran topos en lugar de hembras… y eran capaces, como tu primera mujer, Sacristán, hasta de devanar la complicación de una madeja estando para ser madres… y dando origen a que el niño naciera ahorcado con el cordón. (XXII)

El Sacristán: ¡Creéis cuánto oís!

Una Zagala: ¡Y tú, gran farsante, niegas cuanto crees! *(Por en medio de los grupos que llenan el atrio y la plazuela, cruza, saliendo del templo, la madre, trágicamente estática. Junto a ella, vencido por el duelo, el hijo menor, más que servir de apoyo a la mujer, parece arrastrado por ella. Una vieja, arrodillada, comienza el coro de lamentaciones)* (XXIII)

Una Vieja: ¡Frontero al muro santo de la Iglesia, donde el agua purísima del cielo, llorando del alero, abre bocas golosas en la tierra, para que el suelo comulgue su verdad… ahí mismo, entre las almas inocentes, debiera ser enterrada esta alma blanca! (XXIV) *(Hay algo misterioso, ultraterreno, que sobrecoge a los que la circundan, en los lamentos de la anciana. A una indicación de la madre, cruza la plazuela el hijo menor y tiende hacia la plañidera el cirio, abrazado por negro lazo y con varias monedas clavadas en la dúctil cera. La vieja arranca una moneda y se signa con ella,* *guardándola luego. Otra anciana ha comenzado su lamento)* (XXV)

Una Anciana: Era un alma de nieve, sin mácula, en un cuerpo de roca, sin grietas. Cerráronse sus ojos nuevos sobre un paisaje rosado, de primavera en flor, para abrirse, más allá del dolor desconocido, en un edén azulado, de eterna dicha. *(En la plazuela, enlutada por los lutos, vibran ecóicas, con tañido de rotas campanas, las palabras litúrgicas, temblorosas de crédula transcendencia. Junto al atrio, oculto el rostro lloroso tras la visera de la manteleta, la hijastra del curandero apóyase en el galán)*

La Santera: ¡No por la nariz, por la boca pudo haber salido el alma de su cuerpo, puesto que sus labios niños no sabían del pecado grosero, y sí de la suave palabra amiga, y sí de la dulce sonrisa hermana! ¡Era un valiente sin jactancia, y él, que siempre tuvo un gesto amable y cálido para la vida, para la muerte cuajó en su rostro, frío, la más amable y cálida sonrisa!... ¡Cómo no tenía enemigos, no supo de hoscas actitudes de defensa y, hasta ahora, sus manos transparentes parecen acariciar, con caricia inefable, a su traidora muerte!... (XXVI) *(Como a las dos anteriores plañideras, tiende el hijo menor hacia la santera el fúnebre cirio. Tras la madre, recta y valiente sobre su dolor, está el curandero, curvado y cobarde, como buscando sombra protectora)*

Una Plañidera: Blancas sábanas, ávidas de sangres mozas, iban a acogerle en su próxima ofrenda a la vida; negros crespones, mordazas de alientos viejos, le han acogido en su entrega total a la muerte. ¡No habían conocido aún sus pies el camino agobiador a cuyo fin está el dolor, cuando emprendió el camino amable, sin término, de la bienaventuranza!... ¡La muerte, enamorada, está tallando en cera su escultura perfecta de adolescente!...

La Madre: ¡Alto!... *(Contra las paredes blancas, con palidez de muerte, del camposanto, flamean hacia el cielo los brazos, acrecentados por la actitud de la madre. Las plañideras que, en el centro de la plazoleta formaban semicírculo, ábrense asustadas en dos grupos. Hay una interrogación en los ojos de todos)* Sólo el odio o la envidia a la felicidad ajena pudo detener los latidos ilusionados de un corazón que, en el amor tan sólo, encontraba la razón de su existencia.

El Hijo: ¡Madre!...

La Madre: Su sangre mártir, que ya no da color a sus mejillas limpias, está entenebreciendo, con rojores espantosos de infierno, la mirada oblicua del que en el rostro lleva retratado el delito...

El Curandero: ¡Pero, cuñada!... *(Las palabras de la madre sobrecogen a todos. Ella, con mirada obsesa, avanza hasta encararse con el galán)*

La Madre: ¿Qué buscan tus labios insaciables, de hiena inmunda, en este macabro festín que tu vesania ha preparado? *(La sorpresa de la acusación inesperada impide defenderse al galán, que, atemorizado, rueda los ojos espantados por todo el concurso, como buscando apoyos que no encuentra. Firme el gesto y firme la palabra, en el centro de la plazoleta, la madre formula su inculpación)* ¡Él ha sido! ¡Yo lo acuso! ¡Él lanzó, entre las sombras cómplices de la fronda, en la sombra infinita de la muerte, el alma luminosa de mi hijo! *(Resuelta y rápida, la hijastra del curandero cubre con su cuerpo, y con sus palabras, al hombre amado)*

La Hijastra del Curandero: ¡No! ¡No es cierto! *(Los ojos, luminosos como carbunclos, fijos en su sobrina. Avanza hacia ella la madre)*

La Madre: ¿Y son tus labios, que esta mano rugosa hubo de amordazar ayer, para que no delataran la traición que tus oídos acababan de descubrir, los que tal dicen?

La Hijastra del Curandero: ¡Él no pudo haber sido! *(Furioso ha salido de la sombra el curandero)*

El Curandero: ¿Y tú qué sabes?

La Madre: ¡Él fue!

La Hijastra del Curandero: El peso macho de su cuerpo mozo hizo tibio cuenco junto al mío, durante toda una noche apasionada, en mi lecho terso de soltera. *(Un coro de rumores crece y se apaga como colofón a la declaración de la muchacha. El curandero, prieta la boca, silbantes las palabras, descarga su puño sobre el rostro juvenil de su hijastra, que se tambalea entre los brazos del galán)*

El Curandero: ¡Ramera! ¡Mientes!…

La Madre: Cierto es que miente. ¡No prestéis oídos a su coartada, vecinos!

La Hijastra del Curandero: ¡Qué cieguen mis ojos, si mi lengua no dice verdad! *(Un hilo de sangre corta la palidez emocionada de la hijastra del curandero. La hermana del galán, el terror retratado en el rostro, forcejea con él, para contenerle)*

La Madre: Cuando el Ofrecido lanzó su mandato… él estaba, ¡no contigo!, estaba como siempre, junto a la acequia del molino.

El Curandero: ¡La verdad, cuñada, halló siempre acomodo en tus labios!

La Hijastra del Curandero: ¡No, tía, no!…

La Madre: Tú no eres de mi raza, porque mientras mi sangre luminosa corre suelta por el paisaje trágico, con grosores de muerte, la tuya ensombrecida se acalla aprisionada en lo más hondo de tu pecho falso, con quietud temerosa.

La Hijastra del Curandero: ¡Él no ha sido, él no ha sido!... *(Él viento desmelena a la moza y la frente blanquísima es, frente al luto absoluto de la madre, proa atrevida del pensamiento indomeñable)*

La Madre: ¡Aparta, víbora! En el camino recto por el que yo avanzo, tus curvas sinuosas no han de hacer titubear a mi pie seguro. *(Magnífica, dominando a todos, en el centro de la explanada, la madre extiende su brazo acusador hacia el grupo apretado que forman el galán, su hermana y la hijastra del curandero)* ¡Detener al asesino de mi hijo! ¡Yo lo ordeno! *(Como si quisiera arrancarlo de la garma voraz que intentara tragárselo, la hijastra del curandero, rota la voz vibrante, se aferra desesperadamente al galán)*

La Hijastra del Curandero: ¡Él no ha sido!... ¡Él no ha sido!...

JORNADA SEGUNDA

"…Quizás una de ellas meterá la mano
entre las llamas, sin quemarse, para sacar fuera mi corazón."

Gabriel D'Annunzio: *La hija de Iorio*

Estampa Quinta

En la plazuela paludosa, cruzada por una desigual senda enmorrillada, óyense los cánticos sagrados que llegan de la iglesia. Todo el suelo aparece alfombrado de verdes espadañas y cinamomo. Junto al atrio hay tres puestos de venta: una vieja, tan arrugada que ya casi no tiene facciones ni talla, vende avellanas, con un cesto delante… Una mujerona, robusta y colorada, tiene extendida una manta descolorida y sucia, y, sobre ella, juguetes y cachivaches… Otra mujer, enlutada, muestra, en una mesa cubierta con albo mantel, golosinas y confites… Seguida por la solterona, brillante de sedeños ropajes, sale de la iglesia, abofellando nerviosamente la manteleta, la santera. La hermana del galán, blanquinosas las mejillas y azulencas las pronunciadas ojeras, irrumpe despernada en la plazuela.

La Santera: ¿El caballo que anoche martilleó sañudo las piedras regastadas del camino era acaso el que traía, de nuevo, a vuestra casa y al calor familiar de vuestros brazos, a tu hermano, por la Justicia ya, ¡por fin!, absuelto?

La Hermana del Galán: Mi hermano era... y yo le busco ahora. ¡Con las tímidas luces de la aurora, abandonó resuelto nuestra casa y, desde entonces, no he sabido de él!

La Santera: Aunque mis ojos se van marchitando, ¡que la luz de los años pesa mucho!, y es terca la penumbra de la iglesia... creo poder asegurarte que... la Molinera está dentro del templo... *(Con indisimulada alcocarra de disgusto, revuélvese la muchacha ante la dicacería de la santera)*

La Hermana del Galán: ¿Y que tiene qué ver él con tal moza? *(Con pertinaz tamborileo, airea su mercancía la anciana vendedora de avellanas. Severamente trajeado en negro, ha aparecido el hijo menor, que al ver a su exnovia, demúdase y frena su decidido avance)*

El Hijo: ¡Buenos días!...

La Solterona: ¡Lo sean! *(Como buscando apoyo en el suelo, enverdecido por el follaje, los ojos humedecidos de la hermana del galán recátanse tras el temblor incontenible de los párpados)*

La Santera: ¡Ya he visto el ramo que tu madre ha regalado! ¿Ella no vino a la función?...

El Hijo: Vinimos a comulgar en la misa primera... *(Entra el joven en el atrio y, sin cruzar su mirada con la de la muchacha, desaparece en la iglesia. Una campanilla gotea su metálico tintineo en la quietud solemne de la clara mañana)*

La Santera: He de llegarme a casa con la máxima prisa que mis piernas permiten. Ni un año, de los muchos que ya cuento, he dejado de estar en la subasta… y no quiero perder la de este ramo…

La Solterona: Yo también he de hacer…

La Hermana del Galán: Voy a entrar en la Iglesia… *(Lento el andar y baja la frente, la hermana del galán entra en la iglesia. Al abrir el portón, unas nubes blanquecinas de incienso, diluyéndose en el aire, han oreado el atrio)*

La Solterona: ¡Qué pobres corazones los de estos dos muchachos, rebosantes de sangre palpitante… y de mutuo amor!…

La Santera: … ¡y ahogados en sangre coagulada… y en ajeno odio! *(El sol, letificante, va tiñendo de tintes dorados el paisaje. Por el camino desigual avanzan el molinero, lominhiesto, y el curandero, corcovado y temblón)*

El Molinero: Gracias al testimonio de tu Hijastra, ayer tarde, le han puesto en libertad… y sé que, por la noche llegó al pueblo…

El Curandero: Con el alba le hablé a mi cuñada… y le di la noticia…

El Molinero: ¿Y qué dijo?

El Curandero: De sus labios, fruncidos y secos, no ha brotado una sola palabra… pero han dicho bastante sus ojos, fríamente llameantes.

El Molinero: ¿Supones?…

El Curandero: ¡Su rencor va adelante!

El Molinero: ¡Eso es bueno! *(La santera, deshaciéndose en zalemas, saluda a los recién llegados)*

La Santera: ¿Vienen ustedes solos?…

El Molinero: Si somos dos, Santera…, ¡solo no viene él ni vengo yo!

La Santera: Les preguntaba… *(Corta, acedo el peje, la explicación de la santera)*

El Molinero: ¡Ya! Como es su costumbre; no por curiosidad, mayor que la de nadie, pero, también, como ninguna rápida para encontrar satisfacción cumplida… sino por el afán de herir, Santera con el arma que es usted mestre manejando: la insidia.

El Curandero: Preguntaba… lo que ella ya sabía… o suponía… ¡con posibilidades de acertar! *(Nuevamente, interviene infracto el molinero)*

El Molinero: ¿Es que mi hija, acaso, no vino a la función?

La Santera: La suya… sí.

La Solterona: La suya está en la iglesia.

El Curandero: Mi Entenada le extraña a la Santera que no haya venido a la iglesia… ¡pero aún más extrañada la verías si llegara a encontrarla en el templo!

La Santera: Tiene usted, Curandero, una manera muy especial de dar correspondencia a la estimación franca que le tengo tanto en presencia como en ausencia.

El Curandero: Estar, Santera, en su lengua es bordear, sin defensa factible, un precipicio de fondo ignorado. *(Ofendida por las frases desconsideradas de los dos compinches, la santera apeona el tracto que la separa de las primeras casas y piérdese, carretera adelante, tras la arquitectura simple de los edificios)*

La Solterona: Curandero… la prudencia aconsejaba… que su Hijastra hubiera venido…

El Curandero: Era una de las mozas a las que, en esta fiesta, correspondía, en el presente año, portar el ramo… pero, según está estipulado… no se le hubiera permitido hacerlo…

El Molinero: Las portadoras han de reunir una serie de condiciones…

La Solterona: Cierto…Y en este mismo sitio, hace un año, y en la ciudad, hace sólo unos días… confesó ella… ¡no poseerlas todas!

El Curandero: Y sin embargo… estoy seguro, ¡y nadie puede estarlo como yo, que ese ramo podría, dignamente, hallar estrado sobre el hombro mozo de mi Entenada!

La Solterona: De sus propios labios, ante el pueblo, primero, y ante el tribunal de la Justicia, después, brotó, sin titubeos, aquella confesión…

El Curandero: ¡Y están prestos los míos a repetir con firmeza absoluta, ante todo el que quiera escucharme, la afirmación de que miente mi Hijastra! *(Rápido, turnio, clava el molinero su lacertosa mano en el hombro de su cómplice)*

El Molinero: ¡Vamos adentro!

El Curandero: Hasta luego…

La Solterona: Adiós… *(Desaparecen por el porche los dos hombres y la solterona inicia la marcha en dirección al pueblo. Con andar cansino y retratada en el rostro honda preocupación, recórtase sobre la agria blancura nítida del muro del camposanto, el galán)* ¡Enhorabuena por tu absolución!

El Galán: Gracias…

La Solterona: ¡De nada! Adiós…

El Galán: ¡Adiós! *(Al abrirse, nuevamente, la puerta de la iglesia, llegan hasta la plazuela los cantos de los oficiantes. En el atrio ha aparecido, pálida bajo el duro sol mañanero, la molinera. Rápido va el galán a su encuentro. Frente a frente, besándose con las miradas, se contemplan el hombre y la mujer)*

La Molinera: ¡Mis ojos, que incansables oteaban el horizonte, rumbo a tu cautiverio, vieron brillar, ayer noche, en el cielo obscuro del camino, la constelación huidiza de las chispas que tu caballo, en desenfrenada galopada, arrancaba del sendero por el que tornabas a la libertad! *(Las manos recias del galán atenazan las de la molinera, temblorosas de emoción y de miedo, y las palabras rotundas del hombre silban entre los labios febriles)*

El Galán: ¡Y los míos, sabios entre las sombras enemigas, fijaban su norte en la luz temblorosa que, en el cuenco sonoro del valle, señalaba el molino!

La Molinera: ¡La pisada valiente de tu caballo hallaba el eco acorde en el latir acelerado de mi corazón! *(Sin poder contenerse, el galán enlaza atrevidamente a la molinera, que rehúye el abrazo)*

El Galán: Esta noche, cuando el Ofrecido lance su mandato… estaré, como siempre, junto a la acequia. *(Una nube de tristeza empaña los ojos claros de la moza)*

La Molinera: Un muro peligroso, erizado de atroces suspicacias, se alza entre tú y yo…

El Galán: ¡No!…

La Molinera: Además… la hiedra del agradecimiento frenará tus pasos si, imprudente, intentaras, venciendo el obstáculo invencible, aproximarte a mí… *(Confusas llegan desde el templo las palabras latinas de los oficiantes y mézclanse con las palabras suasorias de la molinera)*

El Galán: ¿Qué dices?…

La Molinera: Si has podido romper la cadena de recelos… el enrejado de acusaciones… que ahogaba tus palabras y amordazaban tus razonamientos… fue por que una mujer, declarando paladinamente que había dormido su soltería contigo, probó tu inocencia.

El Galán: Tú, y sólo tú, sabes que mintió; ¡que aquella noche sangrienta, como todas, no era ella la que robaba las horas de mi reposo!

La Molinera: ¡Pero la justicia prefirió, a tus declaraciones verídicas… la mendacidad de ella… y, hoy, eres libre!

El Galán: ¡La libertad que todas las mañanas, con redoblado ahínco, veía radiante, tras las rejas de mi celda… yo la simbolizaba en ti y en tu cariño!

La Molinera: ¡Lo más opuesto, precisamente, a esa libertad! Porque si los brazos de una mujer, ¡los de ella!, tuvieron suficiente ligereza para arrancarte de la prisión, hay otros brazos de mujer, ¡los míos!, suficientemente pesados para hundirte de nuevo en el presidio.

El Galán: ¿Deliras tú… o no razono yo?

La Molinera: Verte, hoy, con ella es revalidar, con los hechos, las razones de quienes te abrieron las puertas de la cárcel. Verte, hoy, conmigo es confirmar, con los hechos, los motivos de quienes te privaron de libertad.

El Galán: Pero…

La Molinera: Un muro peligroso nos separa… *(Echando sobre los hombros la sedeña manteleta, avanza por el atrio la hermana del galán)*

La Hermana: Mi temor, siempre alerta, no se había equivocado: ciego de tu conveniencia, emprendías, una vez más, el camino que a todos nos ha llevado a la desesperación y que a ti… puede llevarte ¡hasta a la muerte!

La Molinera: No eran esas mis palabras, pero sí expresan justamente mis ideas.

65

La Hermana: ¡Desvía tu rumbo de ese camino, hermano, si no quieres rodar, sin égida posible, el fondo turbio... arrastrándonos en tu caída, ligados a ti por la sangre, a todos los tuyos! *(Entre las dos mujeres, el galán parece no comprender lo que una y otra le dicen)*

El Galán: ¡Pero, hermana!...

La Hermana: ¡Nunca tus ojos se hubieran cruzado con los suyos! ¡Ella es la planta ponzoñosa con cuyo letífico olor todos nos envenenamos! *(El galán, furioso, va hacia su hermana)*

El Galán: ¡Calla!...

La Hermana: ¡No podrás amordazar las razones de mi odio!

La Molinera: Pero... ¿tú me odias?...

La Hermana: ¡Cómo no creía capaz de hacerlo a mi corazón!

El Galán: ¿Qué dices?...

La Hermana: Sin ella no habrías conocido nunca el fino verecundo del presidio que, contagiado a todos los tuyos, ha posado la garra helada de su eterno invierno sobre los muros cuarteados de nuestra casa... Sin ella no sería un espectro macabro de sí misma la santa mujer que nos dio la existencia, y que hoy arrastra, a la sombra protectora de las casas, su vergüenza sin fin... ¡Sin ella no sería yo, virgen obligada, viuda sin remedio de un cariño que un río espantoso de sangre ha hecho imposible! *(Hay un silencio, durante el cual vuelven a escucharse los cantos litúrgicos de los sacerdotes. El galán, indeciso, abrazado por su hermana, fija una mirada angustiosa en el rostro pálido de la molinera, por cuyas mejillas rueda suavemente una lágrima)*

La Molinera: ¡Muchas veces… mirándome en el agua clara, que no miente porque no tiene fondo, he preguntado si no habría, sobre mi ignorada cuna, colgante como la amenaza de un hacha, alguna terrible maldición que, ahora, arrastro por los caminos absurdos de mi triste vida atormentada, sin poder desprenderla de mi sangre! *(Desprendiéndose de la cadena feble de los brazos fraternos, el galán acercase exaltado a la molinera)*

El Galán: ¡No hay más maldiciones que las que, ahora, lanzan gentes obtusas sobre la pureza inmaculada de tu frente!

La Molinera: Eso mismo me responde, benigna, el agua clara: que es mi frente pura y que, si sombras hay sobre ella, no son reflejo interno sino proyección del exterior.

La Hermana: ¡Capaz serás de culparnos a los demás!… ¡Vete!… ¡vete… y no nos causes más males de los que ya lanzaste sobre nosotros!… Qué tu nombre solo… ya suena, para nuestros oídos, a la peor de las maldiciones.

El Galán: ¡Estas obcecada, hermana!…

La Molinera: Me voy, sí. Pero es preciso que lo sepas tú, ¡y sólo tú!, que mi amor por tu hermano, este amor que nació cuando mi corazón lo sentía y, en mi ignorancia, aún no acertaba a traducirlo… es tan grande y es tan fuerte, es de tal magnitud y tal violencia… que si, para salvar a tu hermano, es preciso… ¡hasta en odio he de saber transformarle!

El Galán: ¡No. Óyeme!…

La Molinera: No.… no me digas nada… porque si te escucho, si presto oído a tus súplicas… nos perderíamos los dos… ¡y es preciso que tú, al menos te salves! ¡No.… no me digas nada… no me digas nada!…

(Viva imagen del dolor, que aprende a renunciar, aislándose de la persona amada por un turbión de lágrimas, la molinera aléjase del grupo que forman los dos hermanos. Rompen, de pronto, el azul pizarroso del cielo las nubes blanquecinas de unos cohetes y a su estampido levántase en los caseríos un coro de canes desesperados. Todo el paisaje parece revivir con el alegre volteo de la campana de la iglesia. Poco a poco va poblándose de gente la plazuela. Las vendedoras, que, indiferentes a la conversación de los hermanos y la molinera, se habían reunido, formando un grupo junto al atrio, ocupan sus puestos y ofrecen sus mercancías a los que van saliendo del templo; los hombres de negro, y las mujeres con gayos refajos y corpiños rameados)

El Galán: ¿Qué has hecho, hermana?

La Hermana: ¡Asegurar tu libertad!

El Galán: Y, sin ella, ¿para qué la quiero?

La Hermana: ¡Decir libertad, es decir vida!

El Galán: ¡Sin su amor, preferible es la muerte!

La Hermana: Pero a la vida hay que defenderla, aunque se la aborrezca, como a un sagrado depósito... y a la muerte hay que ganarla, cuando se la desea, como a un bien difícil. ¿No ves, hermano, que yo, también, sé mucho de eso?... *(Cuatro mozas sacan, sobre unas andas enguirnaldadas, bajo la gloria tímida del sol mañanero, un 'ramo' multicolor y espectacular)* (XXVII)

El Sacristán: ¡Atención... atención!... ¡Va a empezar la subasta del 'ramo'!

El Curandero: ¡Ramo como éste, que regala este año mi cuñada, pocas veces se ha visto!

El Sacristán: ¡A ver... postores para el 'ramo'!...

Un Mozo: ¡Yo!...

La Santera: ¡Y yo, también!

68

Un Hombre: ¡Y yo!

El Hijo: ¡Y yo! Pero… este 'ramo', regalo de mi madre, para que, con el dinero que se saque de su tasación, se digan misas por el descanso de mi pobre hermano…

La Santera: ¡Qué en la gloria esté!…

El Hijo: …va a llevar algo más que dinero, que se trueca en oraciones… ¡va a llevar sangre, que equivale a justicia!

El Sacristán: ¿Qué dices, muchacho? *(Solo, en el centro de la plazuela, el mozo imberbe es el eje de todas las miradas)*

El Hijo: ¡Que cuando la justicia es débil, y su mano, temblona e irresoluta, siente pueril repugnancia a cobrarse en sangre lo que en sangre fue hecho… no ha de faltar una mano, segura y decidida, que sienta apremios por cobrar la vida de mi hermano con la vida del cobarde que le asesinó! *(Brilla al sol, en la mano del muchacho, la lengua plateada de una navaja. Gritan asustadas las mozas, y las vendedoras, con apresuramiento nervioso, recogen sus mercancías. Pálida y con los ojos desorbitados, la hermana del galán se abraza a él)*

El Sacristán: ¡Quieto! ¿Qué vas a hacer? *(Corren los mozos, divididos en dos bandos, a interponerse entre el galán y su acusador)*

Un Mozo: ¡Calma, calma!…

El Curandero: Pero ¿qué es esto, sobrino?… *(Como una figura de retablo, los brazos largos en cruz, álzase en el centro de la plaza, la figura desmirriada del sacristán)*

El Sacristán: ¡Respeto, respeto os pido para el santo lugar a cuyas puertas estáis! ¡Respeto os exijo!

La Hermana: ¡Por mí, hermano, por mí!… ¡No hagas nada!

El Galán: ¿Voy a dejarme matar sin defenderme, al menos? *(Decidida, buscando con su pecho la punta acerada del arma que empuña su ex-novio, la hermana del galán avanza hacia el hijo)*

La Hermana: Si lo que quiere tu sed es su sangre... ¡clava aquí y verás brotar sangre como la suya, puesto que soy su hermana!

El Galán: ¿Qué haces?... ¡Soltarme, soltarme, por favor! *(Forcejea violentamente con sus aprehensores el galán)*

La Hermana: Y que, cómo proclamas, no te tiembla la mano... que a la postre... quizá encuentres vacío mi pecho, ¡qué así lo siento yo, desde que el odio, hoy desatado, ahogó fríamente, en él, el amor!...

El Hijo: ¿Qué dices?...

El Galán: ¡Quita, hermana! ¡Que de hombre a hombre no debe de haber más distancia que el largo del brazo armado!

El Sacristán: ¡Respetad, al menos, ya que no mis lágrimas, la sangre de ese Cristo que, a través de la entreabierta puerta de la iglesia, abre sus brazos divinos al perdón de todas las culpas! *(Tiembla, ante el arranque bravo de la joven, la mano viril que empuña el arma, y los ojos del mozo vidríanse de lágrimas. Hay un silencio expectante. La navaja, en la mano vencida del muchacho, ha buscado la verticalidad)*

El Hijo: ¡Está bien! Pero... ¡oídlo todos!, si me veis guardar este arma sin limpiarla antes en el pecho del asesino de mi hermano... volvedme la cara, tras escupirme vuestro desprecio al rostro... ¡por qué otro trato mejor no debe esperar de vosotros, gentes de bien, quien, tan cobardemente se comporta!

(...Y agarrotada en su mano diestra el arma argentada, rápido y decidido, el muchacho se abre paso entre los asistentes y se pierde carretera adelante. Los perros de los caseríos, en el silencio de la plaza, parecen saludar al sol, en su cénit)

Estampa Sexta

"… De que naciste, una estrella contraria
todos los casos te sigue en la tierra;
de que naciste, a su luz solitaria,
toda tu vida es un campo de guerra.
De que naciste, la sombra de un hombre
te echa en los hombros la mala fortuna;
te quiero bien y no digo su nombre:
¡ve su cubil, al fulgor de la luna!'

Eduardo Marquina: *El retablo de Agrelláno*

En el paisaje, todo azul de noche, todo blanco de luna, recórtase, sobre la fronda oscura que le circunda, la arquitectura pesada del molino. En el silencio de la noche se mezclan en suave fusión todos los ruidos nemorosos. Una sombra de mujer copíase en las aguas encalmadas de la acequia: es la hijastra del curandero la que, sigilosamente busca el amparo del bosque. Un rayo de luna arranca destellos argentados de sus manos: la mujer, que se pierde en las sombras, lleva una escopeta. Lejana, rebotando ecoica contra las cuatro paredes del valle, acolchadas de vegetación agonizante, se oyen, sobre los murmullos otoñales del paisaje, las estrofas viriles de una copla:

72

El Galán: "Tengo de ir al molino
aunque me muera de frío,
por ver si puedo traer
la molinera conmigo.
… y el molino al moler
… y el murmullo del agua…
avivan mi amor
y arrullan el de mi amada."

El viento autumnal arranca las hojas de las ramas empobrecidas, que, bajo su azote, se agitan con caducos temblores, y las arrastra, luego, sobre la tierra lienta, en una complicada danza alígera. Con leve chirriar de goznes, ábrese la puerta del molino y en el recuadro negro, entre sombras, agítase la figura esbelta de la molinera. Cada vez más próxima, sigue escuchándose la voz del hombre que canta. Frenada por el temor y acuciada por el deseo, sale la molinera de la zona sombreada por el molino y da unos pasos vacilantes por el calvero, iluminada plenamente por la luna. Salmodiando su canto sin fin, el río, corazón del paisaje, se emblanquece de espuma y, también de luna. Los brazos exangües de los árboles entrechocándose con castañueleo monocorde y, como pájaros asustados, a impulsos del viento arremolinado, levántase una bandada de hojas, secas y crujientes, que golpean a la molinera, cuya, figura, en tensa espera recorta en el centro de la plazoleta. La canción de escucha más y más indistintamente:

El Galán: "Y si conmigo viniera
¡qué todo pudiera ser!
ante Dios, en el altar,
¡yo la haría mi mujer!
…y el molino al moler

.. y el murmullo del agua….

avivan mi amor

y arrullan el de mi amada!

Con la última estrofa de la canción, los brazos atrevidos del galán han enlazado la cintura breve de la molinera. Hay un silencio en el que la floresta parece como dormida y solo, dando espaldas al molino, desflécase el río hacia lo más hondo y más oscuro, del valle nemoroso.

La Molinera: ¿Por qué tus pies, enemigos de tu bien, te han traído hasta aquí?

El Galán: Porque tu corazón, imposible de acallar, me esperaba… ¡y el mío lo sabía!

La Molinera: Mi corazón no tiene derecho, ¡tú lo sabes!, a dar opinión. Un día la dio… ¡y no pudo ser lo que él quería!… Desde entonces, le imponen su opinión los demás; que él ¡calla y callará ya siempre!

El Galán: ¡Sé que te quieren casar con un viejo indiano!…

La Molinera: ¿Quién llevó a la ciudad la noticia?

El Galán: ¡Sé que quieren vender a precio de oro tu cuerpo mozo para su rijosidad senil!…

La Molinera: ¡Qué importa!… Me casaré con él… o con cualquiera otro! ¡Qué importa!…

El Galán: ¡Sólo mía puedes ser!

La Molinera: ¡Sólo tuya no puedo ser!

El Galán: ¡Te quiero!

La Molinera: Porque yo también te quiero a ti, me caso con otro. Así termino de abrirte el camino de la libertad.

El Galán: ¡Sólo para ofrendártela la ansío!

La Molinera: Si te la aceptara… quizá en el mismo instante dejara de existir…

El Galán: La cárcel se ha cerrado a mis espaldas…

La Molinera: De mi mano, volvería a abrirse para recibirte.

El Galán: Vengo por ti… vengo para llevarte conmigo.

La Molinera: ¡Estás loco!

El Galán: Es preciso que te vayas de este valle, en el que te asfixias… y para el que nuestro amor es demasiado grande. Pasaremos… por encima de todo.

La Molinera: Sangre rubricaría nuestra senda…

El Galán: ¡Bah!… *(Las manos de la mujer atenazan al galán por los hombros y sus ojos húndense en los del mozo)*

La Molinera: Dime… ¡Necesito saber!… ¿Fueron estas manos potentes, que ahora me enlazan suavemente, como una guirnalda de tibias caricias, las que le atenazaron a él, sañudamente, como un dogal de vesania fría?… ¿Fueron estos ojos febriles, en los que ahora veo mi rostro, encendido de vida, en los que se miró por vez postrera su faz, empalidecida de muerte? *(Enrojecida la vista, engarfiadas las manos, dura la voz, el galán se encara con la molinera)*

El Galán: Yo también necesito saber… ¿Estabas firmemente decidida a darle a él estas tiernas caricias que a mí me prenden?… ¿Estabas firmemente decidida a darle a él estas dulces miradas en cuyo fondo me ahogo de placer?… *(La molinera atemorizada, posa su mano sobre los labios enfebrecidos del galán y echa hacia atrás el busto, como asustada del acelerado latir del corazón del hombre que la enlaza)*

La Molinera: ¡Calla!…

El Galán: ¡Clava en el afán de mis ojos la verdad de los tuyos! ¿Le querías?... *(Tras una pausa, suena firme la voz de la mujer)*

La Molinera: Sí. *(Es ahora el galán el que amordaza nerviosaminte, con su potente mano, los labios de la molinera)*

El Galán: ¡Calla!...

La Molinera: Le quería... como el enfermo desesperado se aferra al agua que le aproximan manos caritativas a los labios resecos, cuando la fiebre le abrasa el cuerno vencido...

El Galán: Y yo... entonces... ¿qué era para ti?

La Molinera: Tú eras la salud única que mi espíritu enfermo precisaba. ¡Tú... eras tú! *(Ruge, más que habla, el galán)*

El Galán: Pero... ¡le querías, también a él!

La Molinera: Sí.

El Galán: Pues, entonces, escúchame... ¡Fui yo! ¿Lo oyes? ¡Fui yo, fui yo!

La Molinera: ¿Tú?... *(Hay un gesto de hondo dolor en el rostro de la molinera, que se aparta del galán)* ¡Tú!...

El Galán: Y si no lo hubiera sido aquella noche, inolvidable para todos, en la que mis celos sólo sabían que él te quería a ti... ¡lo hubiera sido hoy, cuando ya sabe mi pasión rabiosa que también tú le querías a él! *(Una piedra, rodando por el sendero, turba la tranquila serenidad del paisaje)*

La Molinera: ¡Silencio!...

El Galán: ¡No!

La Molinera: Escucha... ¡Alguien se acerca! ¡Todas mis carnes, temerosas, tiemblan por ti! ¡Temo que te hayan seguido!

El Galán: Todos me creen en el cuartel. Y, además, ¿quién había de seguirme?...

La Molinera: Él... El hermano del otro, que ha jurado vengarle.

El Galán: ¿Y crees que la temo?

La Molinera: ¡Son más de uno! Sobre la cinta clara del camino, todo él enlunecido, he visto los borrones crudos de dos sombras que parecen dirigirse hacia aquí. ¡Sígueme!... *(La molinera sube hacia la acequia)*

El Galán: ¡Yo no huyo!

La Molinera: ¡Pues hazlo por mí! *(Duda aún un momento el galán y, al fin, se decide a atender el ruego de la molinera. Al mismo tiempo que aparecen el molinero y el curandero, piérdense en las sombras del bosque la molinera y el galán)*

El Curandero: Lo he oído de sus propios labios, igual que tu pregunta escucho ahora. Mañana, a la caída de la tarde, vendrá al pueblo, trayendo todo el dinero que esos terrenos importan, para comprárselo a tu futuro yerno.

El Molinero: ¡Pues no llegará al pueblo ese dinero!

El Curandero: Si era para tu futuro yerno, tuyo había ser, de todos modos.

El Molinero: Pero, según mi plan, será mío, el dinero del que mañana nos apoderaremos, y los terrenos, que exigirá el indiano en la 'carta dotal'.

El Curandero: ¿Qué se los exigirás?...

El Molinero: Y el monte que los defiende del cierzo invernizo, y que también es suyo.

El Curandero: Cuando exigentes queremos abarcar más aún de lo que abrazar puede el arco tenso de nuestros brazos... suele ocurrir que, por nuestro mal, se nos escurra, cuando ya parecía nuestro... el más... y el menos.

El Molinero: No pidas al hombre, que tiene nervios... y estómago... y corazón... cualidades mecánicas de balanza; ¡sólo ella sabe ciertamente cuánto es lo justo!

El Curandero: Con buen ojo y de un vistazo rápido, se tasa, a veces, cuánta es la pertenencia.

El Molinero: Y, a última hora, si no está conforme el viejo indiano con lo que le pido... fácil le es negármelo; que en lo suyo nadie más que él manda... como yo, y a mi sola y libérrima voluntad, dispongo de lo que es mío.

El Curandero: ¡Poco interés demuestra el que por interesado pasa!

El Molinero: ¿Interés?... ¡Ninguno! Puede hacer lo que la terquedad de un hombre hace dos años...

El Curandero: No firmar el tratado por ti propuesto.

El Molinero: O puede hacer lo que hizo una mujer por satisfacer a su hijo, hace un año... *(Después de una pausa, el curandero con cierto temor, se atreve a formular una pregunta)*

El Curandero: Permites... al amigo.... la más cruda de las preguntas; la que, hasta autorizada, congestiona de vergüenza las mejillas y agarrota de cólera las manos... *(Ensombrécese el rostro feroz del molinero y, al fin, se encara con curandero, que aguarda en silencio)*

El Molinero: Al amigo, no; al compañero, ligado a mí por sangre, que no corre, ahora, por debajo de la piel, sino que corrió, antes, por encima... a ése le doy la respuesta antes de que, con su contumelia, haga inevitable la herida de mi dignidad. *(Nuevamente guarda silencio el jayán, antes de iniciar la confesión)* Sé que me apuntan de cornudo quiénes ignoran todo, ¡hasta si fui casado, en realidad, alguna vez, en algún sitio! Sé que, con pelladas de odio y con mano atrevida, han moldeado una historia, que puede serlo o puede ser novela, sobre la muchacha…

El Curandero: ¡Así es!…

El Molinero: Sólo una cosa me falta saber: si tú, que te llamas mi amigo, aunque estés ligado a mí por algo que está muy por debajo de la amistad pero que une con más vigor que ella misma, crees todo eso.

El Curandero: Yo… oigo… y, para oír, pregunto. Dime… ¿no es hija tuya… y vengas en ella ofensas graves recibidas de otra persona y en otro lugar?…

El Molinero: ¡Cuán poco ven tus ojos, gastados por la vida, que no columbran siquiera… que, si esa mujer no fuera hija mía, no se la cedería yo, ni por fuerza ni de grado, a hombre alguno! *(El asombro retrátase en la cara arrugada del curandero, que mira y mira fijamente al molinero)* ¿Has oído?…

El Curandero: ¡Alguien se aleja!…

El Molinero: ¡Oídos indiscretos, y, por supuesto, enemigos, han descubierto nuestra conversación! ¡Pronto; vete al camino del pueblo y que no entre en él la lengua que lleva a flor de labio tu vida y la mía! *(Empujado por el molinero, desaparece aprisa, por el camino que conduce al pueblo, el curandero. Durante un buen rato escúchanse las pisadas del hombre que se aleja. Luego, vuélvese el molinero y tópase frente a él a la molinera)* ¡Tú!…

La Molinera: ¡Tenía que ser! Tus golpes sañudos sobre mis pobres nervios, cuando aún no pisaba con andar seguro por los ásperos caminos de la vida… sobre mi adolorido corazón, cuando el amor parecía teñir de rosa mi horizonte… sobre mi conciencia, cuando, víctima de un hado maléfico, vivía muriendo… ¡eran tan sólo prólogo

79

pálido y desmedrado de este día maldito, de esta fecha de ignominia, en la que mis ojos rasgaron, por fin, el espantoso misterio que, poco a poco, fue cegando mi existencia hasta transformarme, implacable, en un cadáver puesto en pie!

El Molinero: ¿Qué incoherencias escupes más que dices?

La Molinera: Tus palabras, esas terribles palabras que aún parecen resonar en este paraje, fueron cayendo sobre mí, una a una, sin perdonarme ¡ni una sola!... descifrándome dolorosamente el enigma, hasta hoy incomprensible, de mi invencible aversión hacia ti, de esta mi íntima rebelión indomable a cuanto de tus manos de ladrón, de criminal, de sátiro procedía... éste mi vivir agonioso, este martirio constante, inacabable de vivir junto a ti! *(Los ojos del molinero parecen despedir fuego cuando se lanza hacia la muchacha)*

El Molinero: ¡Eso, no! ¡Tu odio, no!

La Molinera: ¡Mi odio...y mi venganza!

El Molinero: ¡No!

La Molinera: Amordazando la voz de tu sangre de padre, miraste lúbrico en mí, más que a la hija, a la mujer; me cotizabas alta, ante mis pretendientes, no por avaricia, ¡por lujuria!; no sentiste jamás el dolor de perder a la hija... ¡sentiste siempre los celos de entregar a la hembra!

El Molinero: ¡Calla, calla!...

La Molinera: Pues ahí, precisamente ahí... hincaré mi venganza.

El Molinero: ¡No!

La Molinera: ¡Sí! Más honrada soy, tumbada vilmente sobre un prado con el primero que cruce a mi vera, que erguida falsamente bajo el techo de la casa en que tú vives

El Molinero: ¡Basta ya, basta ya! ¡Qué ni el respeto que siempre te tuve, sabes, en tu vesania, agradecer!

La Molinera: Me iré.

El Molinero: ¡No!

La Molinera: Me iré... con él... o con otro.

El Molinero: ¿Con él?...

La Molinera: Con el hombre para el que han sido siempre todos los latidos de mi enamorado corazón. Con el hombre que, por amor a mí, arrostró la cárcel...

El Molinero: ¿Ese?...

La Molinera: El hombre que no tuvo el oro suficiente para vencer tus cálculos, pero sí el fuego necesario para arrastrar mis sentimientos.

El Molinero: ¿Estaba contigo?

La Molinera: Estaba.

El Molinero: ¡Ah!... *(Vibra en la noche encalmada el grito de fiera del molinero)*

La Molinera: ¿Qué?... *(Victorioso, el rostro descompuesto en una mueca siniestra que quiere ser una sonrisa de triunfo, lanza el molinero al viento la estridencia de un silbido)* ¿Qué señal es ésa?... *(Enloquecida, con el más espantoso pavor reflejado en los ojos, agárrase la moza, en lucha desigual, al molinero, que ríe triunfador)* ¡No!... ¡A él, no!... ¡A él, no!... (El bosque todo retiembla al seco estampido de un tiro) ¡Dios mío!... ¡Dios mío!... ¡Criminal!... ¡maldito, maldito seas! (Y ríe, con sorda risa feroz, el jayán mientras la molinera, lentamente, va cayendo, inconsciente, sobre la tierra agria del camino)*

Estampa Séptima

"…Cuando se dice de algo que 'no merece siquiera refutación',
tenedlo por seguro, o es una insigne necedad,
y en este caso ni eso hay que decir de ella;
o es algo formidable, es la clave misma del problema…"

Miguel de Unamuno: *Del sentimiento trágico de la vida.*

La luz azulenca de la noche fría da tonalidades cerúleas a las piedras mondas de la casona del curandero. Acogidos al muro sáxeo hay posos de nieve, que babea sobre el camino cenagoso. De los aleros cedidos gotea una lluvia ensuciada por las tejas. Óyese lejano, difuminado por la distancia, el estridor de las carracas. El viento, a veces ululante, bordonea por el paisaje ensombrecido. Enlutada, como una imagen aldeana de viernes santo, la madre hase detenido en el centro del arroyo. Frente a ella, sobre los hombros larga estera y rosario de esquilones ciñéndole la cintura breve, está, baja la vista, su hijo. Como una sombra más entre las sombras, aproxímase, andando en zigzag, sorteando los charcos, el ama.

La Madre: Vete con ellos. ¡Yo quiero que así lo hagas!

El Hijo: Pero, precisamente… ¡en esta fecha y en esta hora!…

La Madre: Si él viviera, estaría también, como lo hizo otros años, la larga estera cubriéndole el cuerpo mozo y la máscara ante la faz juvenil, entre los bulliciosos aguinalderos.

El Hijo: Sólo por no contrariarle, voy con ellos, madre. *(El mozo sepárase de la madre)*

La Madre: Quizá entre ellos puedas hacer más por su recuerdo que yo en el cementerio, adonde voy.

El Hijo: ¿Entre ellos, madre?… Acuérdate de él y piensa en mí. *(La vieja sirviente, al llegar frente a la casa del curandero, traza sobre su rostro la señal de la cruz)*

El Ama: No pueden mis pies cruzar ante este caserón, cubil de aquella fiera que supo disfrazarse de cuñado tuyo, sin que un temor, que parece surgir de la tierra misma, me los agarrote, haciendo difícil y trabajoso mi inseguro avance.

La Madre: No es de él, ausente a su pesar, de quien debiéramos desconfiar… que entre los presentes está la mano que el mal puede causarnos.

El Ama: Las manos del viudo de tu pobre hermana, manos garrudas de asesino eran.

La Madre: Bastantes veces os oí asegurar que las manos del curandero eran manos de taumaturgo.

El Ama: Nidadas puercas de escorpiones sarmentosos parecerán hoy, agarrotadas, con miedo, en los barrotes negruzcos de la cárcel.

La Madre: ¿Aún hay sitio en presidio para más? *(El hijo se ha perdido por las quebradas callejuelas de la aldea)*

El Ama: Pero… no crees tú que, si fue el temor, hecho plomo en la escopeta de bandolero del Curandero, el que hirió, como un castigo del cielo, a tu sobrina, la hija de la que fue su mujer, en las proximidades misteriosas del molino… ¿pudo ser, también, el mismo plomo enmudecedor el que, hoy hace justamente un año, rompió el pecho ilusionado de tu hijo, en aquel mismo siniestro lugar?

La Madre: Lo que yo guardo en el arcano duro de mi frente… no lograrás tú… ni nadie ponerlo en libertad.

El Ama: ¡Terca eres!…

La Madre: ¡Vamos, camina! Ya se aproximan los aguinalderos y no quiero enfrentar ni dolor con su alegría. Mi corazón late mejor entre los muros mudos del camposanto que entre esos ruidosos festeros. (XXVIII) *(Óyense, cada vez más cercanos, los cánticos y músicas de los aguinalderos. Un grupo de mozas y viejas, confundidas bajo las mantas llegan ante la casa del curandero)*

Una Vieja: ¡Buenas noches!

La Madre: Lo sean.

La Santera: ¡No daba crédito a mis ojos que se empeñaban en verte en la calle y a estas horas!

La Madre: Lo darías si pensarás que va hacer, dentro de breves momentos, un año, una mano alevosa me separó para siempre de mi primogénito, y que es justo que, en tal aniversario sangriento, quiera estar junto a su cuerpo roto… ¡máxime cuando nace el año del que espero venganza, que es justicia! *(Los ojos, con llamear de locura, de la madre fíjanse, por entre las cabezas de las del grupo, en el rostro ojeroso y triste de la hermana del galán)*

La Santera: ¡El misterio ha cubierto tupidamente aquel suceso!

La Madre: Para mis ojos de madre… ¡no hay enigma posible! Me voy. ¡Quedad con Dios!

Una Vieja: Que él te guie, mujer…

La Santera: No ha de faltarle mi oración, en esta fecha, al alma de tu hijo.

La Madre: Gracias. *(Cuando, continuando su ruta, se alejan la madre y el ama, la hermana del galán rompe en sollozos)*

Una Moza: ¿Qué es eso?…

Una Vieja: ¿Qué te pasa, muchacha?…

La Hermana: Que he de oír sus palabras agresivas, preñadas de rencor, sin poder alzar enfrente mi voz ofendida… porque si es la madre del muerto, que ha hecho, con su sangre, mi desgracia… es también la madre del vivo, que puede hacer, con su amor, mi felicidad. *(La santera, torciendo la vista, asegurándose de que la madre y el ama ya no pueden oírla, vierte su veneno)*

La Santera: Ella es, y no su hijo, ¡quién mantiene amenazante, sobre el nombre de tu hermano, la acusación terrible!

Una Vieja: Sus manos vengativas son las que afilan, en la sombra, el arma acerada que tú, como mujer y como hermana, pudiste, el día de la fiesta, detener en su ruta sangrienta.

Una Moza: Afortunadamente, el destino benigno, llevándose lejos de la aldea a tu hermano, a cumplir sus deberes militares, hará que el tiempo lime las aristas que aún hieren.

La Hermana: Sólo obligado por esos deberes ineludibles, abandonó mi hermano el campo en el que se le retaba.

La Santera: La calma, desde entonces, parece volver a nuestras vidas míseras. *(Desde hace momento, arrebujados también en mantas multicolores, se han sumado al grupo dos sombras de hombre: son el tonto y el sacristán)*

El Sacristán: ¡Ojalá fuera, así como decís!

La Santera: ¿Es que algo, en contra, puedes tú decir?

El Sacristán: Sí. Y debo advertirlo a tu interés, muchacha.

La Hermana: Habla, sacristán, aunque tus palabras traigan a mi pecho la certidumbre de esta atroz inquietud que me acongoja.

El Sacristán: Ojos vigilantes, han visto anoche, cuando las sombras embozan en negro los rostros, a un hombre robusto y ágil, que marchaba, rehuyendo encuentros importunos, rumbo al molino...

La Santera: ¿Y era?...

El Sacristán: Venía de allá, de donde el camino trae de la ciudad... y asegura el espía, que la luna, filtrándose en el valle, delató en él... la presencia furtiva de tu hermano. *(Las mujeres del corro, con gesto asombrado, míranse las unas a las otras)*

La Hermana: Mi corazón, desde anoche desbocado en un galope agobiador y terco, me lo hizo presentir.

La Santera: Pero... ¡si no es posible! ¡Si le sujetan las leyes militares!...

La Hermana: Algo terrible, por encima de las leyes de los hombres, sin duda, le ha traído, en el atroz aniversario, al sitio mismo en el que puede hallar su perdición. *(Un brazo de luz insegura proyéctase en la carretera y da de lleno en las figuras del grupo)*

El Tonto: ¡Luz en la casa del Curandero!

La Santera: ¡Cielos!... ¡Pero si él está en la cárcel y su Hijastra aún no salió del Hospital!

El Sacristán: Te equivocas, Santera. Esta tarde, aún vendada en blanco, como envuelta en jirones de mortaja, ella llegó a la aldea.

La Hermana: ¿Acaso vendría con mi hermano?...

El Sacristán: Entre tu hermano y ella ya nada hay. Desde que, en las cercanías del molino, aquella noche de fines del verano, ella cayó bajo el fuego del arma que empuñaba su padrastro... ¡ni de sus labios, allá en el Hospital, cuando la muerte le rondaba, salió para tu hermano una sola palabra… ni de los de tu hermano, en la milicia, una sola palabra salió para la mujer que, por él, lo perdió todo.

La Hermana: ¡Tengo miedo! ¡Algo que no sé lo qué es, atenaza mi corazón, que parece querer rompérseme!… *(La luz macilenta que sale de la casa del curandero da en una figura de hombre, alta y recia, que avanza por el centro de la carretera)*

El Sacristán: ¡El Molinero!…

La Santera: ¿También éste aquí hoy?…

La Hermana: ¿Pero qué hado maléfico ha traído a la aldea, en esta fecha señalada con sangre sobre nuestras pobres vidas, a todas las personas que salpicó la tragedia inescrutable de aquella noche de fin de año en el valle escondido del molino? (XXIX) *(Rodeados de chicuelos, de mozos y de mozas, entre un griterío ensordecedor, llegan por la carretera, los aguinalderos. Vienen delante cuatro enmascarados, vestidos de blanco, con tocas puntiagudas, adornadas con cintas y campanillas. Síguenles, con sus esteras y sus cencerros, sus caretas y sus turbantes de gayos colorines, otros cuatro o seis disfrazados. La gaita y el tambor, aguda la una y grave el otro, acompañan, con una música arrítmica, salvajemente alegre, las rápidas evoluciones de los enmascarados. Un mascarón, grande, imponente, separa a la gente, abriéndose paso con terribles aullidos y haciendo círculos amenazantes, sobre las cabezas, con una vejiga atada a una cuerda. Los últimos de la cuadrilla son un mozo disfrazado de dama, otro con traje de rey y otro de criado. (XXX)*

El Tonto: ¡Los aguinalderos, los aguinalderos!… *(Asustado, el tonto intenta escapar, pero el sacristán le detiene)*

El Sacristán: ¿Adónde vas, Tonto?…

87

El Tonto: Escapo de ellos; que siempre han de pagar en mi persona su moneda de bromas de mal gusto. *(En efecto, la máscara vestida de criado ya ha agarrado por los hombros al tonto, que se debate despavorido)*

El Criado: ¡Ven acá tú, sabio entre los sabios!

El Tonto: ¡No, no!… ¡Socorro!… ¡A mí!… ¡Qué no quiero ir, que no quiero ir!…

El Rey: Ven acá, ven acá. Dime tú, doctor cura-lo-todo, ¿qué es lo que tiene mi bellísima esposa? *(Hay risas exageradas en todo el concurso cuando, arrastrado por los esterones, el tonto se arrodilla ante el rey)*

El Tonto: ¡Un gato, un gato como el año pasado!

El Rey: ¿Por eso gritas tanto y tanto, tú que eres un perro? *(El coro de risas ahoga las notas agrias de la gaita y el redoble floreado del tambor. Dando gritos desaforados, revuélcase por el suelo la Marimanta vestida de dama. Los esterones y los encapuchados blancos hacen la rueda, cogidos de la mano, alrededor de las otras máscaras y del tonto)*

Los Disfrazados:

> "A estas alturas llegamos…
> Último día del año.
> ¡Para empezar el que viene,
> pedimos el aguinaldo!"

(Las máscaras se atropellan entre sí y ruedan, entre el fango del camino, con gran algazara de los presentes)

El Rey: ¡Sana a mi distinguida esposa, sabio doctor!

El Tonto: ¡No!; que me arañará el gato, igual que el año anterior.

La Dama: ¡Ahí va… ahí va!… ¡Qué me retiembla el tumor!

El Tonto: ¡El gato, el gato! ¡Qué trae un gato debajo de las faldas!…

La Dama: ¡Ahí va!… *(Como loco, en un verdadero ataque, el tonto, desorbitados los ojos de horror, se zafa de sus aprehensores y arrollando a cuantos se interponen en su camino emprende carrera y se pierde en la noche. Entretanto, como el tonto decía, la máscara disfrazada de dama ha sacado de entre los pliegues de su falda un gato que, puesto en libertad, busca, entre el griterío más espantoso de las mujeres y las voces descompuestas de los hombres, el sitio por donde huir)*

El Rey: ¡Tenía razón el sabio doctor cura-lo-todo; era un gato! *(Rueda de locura de enmascarados que, entre las notas del tambor y la gaita, emprenden, de nuevo, su avance por la carretera)*

Los Disfrazados:

> "A estas alturas llegamos…
> ¡Último día del año!
> ¡Para empezar el que viene,
> pedimos el aguinaldo!"

(Cuando, carretera adelante, desaparecen, seguidos de los chiquillos y las gentes del pueblo, los enmascarados, en la carretera quedan la santera, la hermana del galán y el sacristán. Pegadas al muro de la casa del curandero vense las figuras negras de la madre y el ama. Y en el atrio de la casona, iluminado por la luz que sale libremente por la puerta abierta de par en par, está, blanca entre los blancos vendajes, la hijastra del curandero. La luna, nueva, calándose entre los altos eucaliptos de un caserío cercano, lanza un recuadro de plata hasta el atrio, delante del cual, como figuras de un retablo, están un mascarón, de los que formaban el coro de

blancos encapuchados, despanzurrado sobre el barro, y, junto a él, sin saberse por donde ha llegado hasta allí, la astrosa pobre, toda arrugas, toda harapos)

El Ama: Dicen que el vino, dentro del cuerpo, sube a la cabeza, pero, a lo que ven nuestros ojos, una vez aposentado en la cabeza, baja, con ella, al lodo.

La Santera: Y él que, en el delirio, quiso abrazar el cielo, ¡es la tierra lo que, en la realidad, besa!

El Sacristán: Durmióse en Año Viejo, y, ya, despertaráse en Año Nuevo. *(La voz lúgubre de la pobre pone fin a los comentarios)*

La Pobre: No. Porque no despertará ya nunca.

El Sacristán: ¿Qué dices tú, bruja?

La Pobre: Que el sueño que éste duerme, abrazado a la tierra, de la que todos procedemos, es el sueño que se duerme, abrazado a la tierra, a la que todos vamos. *(Hay un silencio desconcertado...)*

El Sacristán: ¿Qué ese hombre?...

La Pobre: Esto ya no es un hombre porque ha ensordecido a nuestras voces... y ha enmudecido a su dolor... y ha cegado al paisaje de la vida. *(Sobre el muro, blanco de luna, del caserón, dibújase gigantesca la sombra del molinero. La santera se ha arrodillado junto al mascarón caído)*

La Santera: ¡Fría como la piedra está su frente!

La Pobre: Y fría está la sangre que rubrica su fin.

La Santera: ¡Le han matado! *(Por detrás de la madre, vese la figura de un disfrazado. Cercana, tras el grupo próximo de casas, negras de sombra y emblanquecidas de nieve, se oye una voz atrevida que lanza a la noche las notas claras y las palabras confusas de una tonada:)*

Un Cantante:

"Tiene la Molinera
viejo molino.
Moler es su faena
y es su martirio!"

(Temblorosa, la hermana se acerca al grupo formado por la santera, la pobre y el muerto)

El Sacristán: ¿Quién era?... *(La mano ganchuda de la santera levanta el grotesco antifaz del caído, y, pálido de luna, y de muerte, aparece el rostro exánime del galán)*

La Hermana: ¿Eh?... ¡Mi hermano!

La Santera: ¡Era cita de muerte, la cita de hoy aquí! *(Abrazada al cuerpo de su hermano, caída la manta y el pelo destrenzado sobre los hombros, la moza increpa a todos, con tono desgarrado)*

La Hermana: ¿Qué mano alevosa segó sobre sus labios la risa de la vida?... ¿Qué mano negra apagó en sus ojos la alegría triunfante del mirar?... ¿Qué mano agarrotada estrujó en su pecho la flor de la existencia?... ¿Quién ha sido?... ¡Decid! *(Frías, como la nieve que ha empezado a caer sobre el paisaje, caen sobre los presentes las palabras rotundas de la madre)*

La Madre: Yo diría... ¡que la mano de Dios! *(De pie, impasible al dolor ajeno, acorazada en su propio dolor, la madre eleva sus ojos secos al cielo. La puerta de la casa del curandero, a impulsos del viento, martillea la noche iluminando y oscureciendo, alternativamente, las figuras que rodean al muerto. Al viento la cabellera de ébano, abrazada al cuerpo inanimado, llora la* *hermana del galán. Entre las sombras del camino piérdese la elevada mole del molinero. En la quietud de la noche aúlla malagoreramente un perro... Y todo va poniéndose blanco de nieve... Mientras se pierden en la inmensidad negra de la noche las estrofas postreras de la tonada)*

Un Cantante:

> "¡Ay, molinera;
> dale a la rueda!
> ¡Dale...
> aunque el darle sea
> tu condena!"

Estampa Octava

"El castigo es una purificación."

Oscar Wilde: *El retrato de Dorián Gray.*

Un frío que grita sus dolores contra el portón rechinante, parece adueñarse de toda la cocina. Bajo la amplia campana del hogar también el fuego, retorcido en llamas, crepita su agonía. Desperézase, hacia el techo envigado de la estancia, en temblorosa espiral, el pábilo mezquino del viejo candil, que pendulea fúnebremente colgado de la campana. Sentado a canto de las púlidas piedras lareras, el Tonto extiende sus manos lardosas sobre la lumbre. Pasa y repasa las cuentas regastadas de su rosario de huesos de aceituna la Santera, cuyas palabras, sin sentido, en el rezo, pero no para el oído aguzado, se dirigen al grupo de viejas que hilan, atropadas en círculo.

Una Hiladora: Cada persona de la aldea cree poseer la única verdad de todo esto.

Una Vieja: Lo que quiere decir que hay tantas verdades únicas como personas somos en aldea. *(Rueda la rueca entre las manos afanosas y el huso, en alto, cabecea cansino con la faena. El estampido agrio de varios tiros púlese contra el viento y amortíguase, ecoico, en la lejanía)*

Una Hiladora: Yo sé deciros que es mucha casualidad que le mataran a la puerta de la casa del Curandero y, precisamente acabando de regresar la moza del Hospital...

La Santera: La sangre de una virgen, derramada, sólo con sangre puede ser cobrada.

Una Vieja: La mano de mujer hace zigzag en el aire, jaleada por el miedo, antes de abrir caminos a la muerte.

Una Hiladora: Pues... otra mano de mujer, menos tensa de vida, con altibajos blandos de experiencia... ¡pudo haber descargado el mortal golpe!...

La Santera: Más de creer es que la navaja que brilló al sol de la mañana del día de la fiesta... haya apagado sus brillos con las sombras del fin del año...

Una Vieja: Pues, en mis cortas luces, yo todo lo veo claro. *(Peganse casi las cabezas de las viejas, esperando la explicación)* Para mí, el Molinero, ¡sangre de robo y de crimen por sus venas!, ha sido el que en todo puso sus manos villanas. El Molinero estaba enamorado de la muchacha que con él vivía...

Una Hiladora: ¡Su hija!...

La Santera: Yo diría... la hija de la mujer que le dejó viudo... sin serlo.

Una Vieja: Y por eso impidió, exigiendo lo que sabía que no podían darle, su boda con el hijo del Cosario. Luego, el mozo de esta casa dio cuánto el otro no había podido dar… y ¡claro!… no pudiendo negarle la mano de la muchacha… teniendo que darle lo que para sí quería… le dio lo que el mozo ni pedía… ni esperaba: ¡le dio la muerte! *(Tintineando las medallas del rosario, la santera se santigua con mecánica premura)* Más tarde, temiendo ser descubierto en sus andanzas delictivas por la Hijastra de su cómplice: El Curandero… quiso igualmente eliminarla…

La Santera: ¡Qué la boca del muerto no descubre secretos!

Una Hiladora: ¡Pero si fue el propio Curandero el que la hirió!

El Tonto: ¡Y así consta en los pliegos de la Justicia!

Una Vieja: Eso fue lo que tuvo que declarar, ¡obligado por quién sabe qué comprometedor pacto con el Molinero!…

La Santera: Y… al otro: ¿al hijo del Cosario?…

Una Vieja: Al hijo del Cosario se le vió, más de una vez, rondar, entre las sombras de la noche, de su afán protectoras, por los alrededores del molino. Era su imán: amor… cosa que al Molinero no podía agradar… ¡pero es posible que, a la par, descubriera los negocios nocturnos del padre de la moza!

Una Hiladora: Lo que es verdad es que la misteriosa delación recibida el domingo de Carnaval, poniendo en claro la personalidad sombría del Molinero, ha vuelto del revés las creencias de más de una…

La Santera: Temblorosa mano, acaso acobardada… acaso rencorosa… trazó las cuatro líneas del aviso.

Una Hiladora: Un hombre, por valiente que fuera, no podía abatir la fiera hombría, hecha de fuerza o hecha de misterio, del Molinero, fuerte y misterioso.

La Santera: Una mujer trazó la confidencia, inesperada para todo el mundo, que dejó en descubierto al Molinero.

Una Vieja: ¡La máscara arrancó una mano feble!…

La Santera: …Y quedó el Molinero tal cuál era. *(Lejana, muy lejana, amortiguada por la distancia, una nueva descarga de fusilería remeda pobremente, entre las montañas ingentes, el derramarse de los truenos)*

Una Hiladora: Como una fiera, huyendo por los montes, lleva, con hoy, dos días.

Una Vieja: Y seguido, por cierto, a pocos pasos; ¡qué los pies de los guardias ya se afincan, por las perdidas sendas, en las jacillas de sus pies ligeros! *(Sobre la noche fría y ululante, ábrese la puerta y, arrebujada en una gruesa manta, entra en la cocina, removida por el viento, el ama)*

El Ama: ¡Jesús, qué noche!…

La Santera: Te creía de antruejo hoy, ¡cómo noche que es del martes 'gordo'!

Una Vieja: ¡A la puerta del Ama ya no llaman los mozos!

El Ama: Pues vinieron, moras de hollín las caras y las voces afónicas de gritos, y tiraron, contra esta puerta que a la noche cierro, el puchero, entre risas y entre vivas. (XXXI)

Una Vieja: ¡Vendrían por el mozo!…

La Santera: Iban a 'echar el cesto'. (XXXII)

Una Vieja: ¡Uno grande llevaban, con un gatazo, víctima propicia, entre paja embutido!

La Santera: La paja que ha de ser, luego, encendida.

El Ama: ¡El bólido rodante contra el que afinarán la puntería de sus armas a los mozos de la aldea! *(Óyense, lejanos, varios tiros, que hieren la noche)*

La Santera: Ya salpican, a tiros, la noche.

96

Una Hiladora: Han lanzado muy cerca, hoy, el cesto…

Una Vieja: Aún recuerdo yo antruejos lejanos en los que, con las llamas del cesto, monte abajo, rodaba bravío, sobre el pueblo inmediato, el reto que era fuerza aceptar.

Una Hiladora: Y también cuando el cesto inflamado en las casas prendía su fuego.

La Santera: Bien salpican, a tiros, la noche… *(Graves, sobre el ruido menudo de los tiros lejanos, se oyen en la cocina varios golpes contra la puerta)*

El Tonto: ¿Llaman, Ama?

El Ama: Ya lo he oído. ¿Quién va?…

El Hijo: ¡Soy yo, Ama; soy yo!… *(Abre el ama la puerta y, contra el fondo negro de la noche de invierno, recórtase la silueta juvenil del hijo. Suspenden su labor las hiladoras y, curiosas, vuelven sus caras apergaminadas hacia el recién llegado)*

El Ama: ¿Cómo regresas tan pronto?

La Santera: ¿Cómo no gastas tu munición contra el cesto? *(Deja el hijo la escopeta y cruza la estancia en dirección al fuego. El tonto encógese contra la pared y la santera guarda, en lo profundo de su faltriquera, su rosario de huesos de aceituna. Siéntase el mozo en la piedra del hogar y, con un tosco pañuelo, límpiase, nerviosamente, el rostro humedecido de lluvia)*

El Ama: ¿Qué te pasa, que el color de tu cara no resalta sobre la nívea pechera de tu camisa?

El Hijo: ¡Qué he tenido una mala idea! A instigación de mi rencor, se ha lanzado el cesto encendido, desde la alta montaña de poniente, sobre el hoyo del valle… allí, donde, contenido en su marcha hacia el mar, el río se detiene para darse al molino…

La Santera: ¿Sobre el molino, habéis echado el cesto?…

Una Hiladora: ¡Buen susto habrá llevado la muchacha! ¡Con el padre huido por las breñas... y viendo venir encima el bólido llameante!...

El Hijo: Pero... ¿es qué han cegado?... ¿Es qué no han visto lo que sucede?... *(Va decidido el hijo hacia la puerta y abre sus dos hojas, mostrando a las mujerucas, espantadas, un paisaje sombrío con horizonte de fuego. La santera, despavorida, sígnase una y mil veces. Todas las hiladoras, abandonando el círculo, hanse puesto de pie y agrúpanse, hombro con hombro, en el hueco de la puerta)* ¡Miren!

La Santera: ¡Dios mío de mi vida!...

Una Hiladora: ¡Santo cielo!...

El Ama: ¡Jesús nos valga!

El Hijo: ¡El cesto ardiendo ha prendido fuego al molino y, como una visión de Infierno, arde, en el cuenco del valle, la vieja casona que abraza el río! *(Horrorizadas, las viejas se han retirado de la puerta y el hijo ha vuelto a aproximarse al fogón. Azotado por el viento, retuércese el fuego del hogar y pendulea más y más el viejo candil. De pronto en el recuadro de la puerta, aparece la figura juvenil de la hermana del galán)*

La Hermana: ¿Dónde está?... ¿Dónde está?... *(Hay un movimiento de estupor en todos. La muchacha, cruzando la estancia, va hacia el hijo y, abrazándolo parece querer leer en el fondo de sus ojos)* ¡Dime a mí, ¡a mi corazón que no puede traicionarte!, que tus manos, ¡estas manos con cuyas caricias imposibles tantas veces he soñado!, no están tintas en sangre?

El Hijo: ¡No te comprendo!...

La Hermana: ¿Dime qué no has llevado tu venganza hasta el crimen?

El Hijo: Pero… ¿qué dices, que, en mi asombro, no te comprendo?

La Hermana: ¡Yo la aborrecía! En su rostro mismo escupí toda la intensidad de mi odio. ¡Pero no quiere mi cariño hacia ti… saber que tu fortaleza viril se empleó, segura del triunfo, contra la indefensión de una mujer abandonada! Vengo del molino, de aquel nefasto paraje que ya resultaba extraño a mis pies, puesto que no lo había vuelto a pisar desde que fue, para tu hermano y para el mío, senda de perdición… Y allí, a la luz deslumbradora del incendio, que hace una pira expiatoria el edificio, he buscado… y buscado… ¡no hallé rastro alguno de ella… ni de su huida!

El Hijo: ¿Cómo?…

La Hermana: ¡Quiero… necesito… preciso saber que tus manos no han tenido participación en tal desaparición!

El Hijo: ¡Yo no he ido al molino! No he ido al molino porque un temor, quizá pueril, detenía mi marcha cuando vislumbraba próxima su arquitectura siniestra.

La Hermana: ¿Y, entonces, ella?…

La Madre: Ella sigue, imbele ante su triste sino, el camino de perdición por el que pisaron siempre sus pies. *(Vuélvense todas las cabezas hacia la escalera, en la que inmutable, la mirada lejana, pérdida más allá de los presentes, está la madre)*

La Madre: Monte arriba, cada vez más hundida en el lodo que encenagó su triste vida, va, sin voluntad, llevada por él que le señaló desde su nacimiento la ruta a seguir.

La Santera: ¡La llevó consigo el Molinero!…

El Hijo: Pero… los guardias les siguen de cerca…

La Madre: Y esos tiros que oís no son ya contra el fuego, son contra una fiera, con forma humana, que ¡al fin! cae bajo la acción de la justicia, ¡que ha de cobrarle en sangre lo que a precio de sangre él adquirió! *(Temerosa, asustada de la madre, ocultando el rostro entre los pliegues de la manta y buscando el amparo del grupo de viejas, la hermana del galán sale de la cocina)*

El Ama: ¿Y ella?...

La Santera: ¿Y la Molinera?...

La Madre: ¡Por los senderos de la muerte irá arrastrada por el que la arrastró por los senderos de la vida!

La Santera: ¡Mal norte le guiaba!... *(Contra el cielo, enrojecido por el incendio lejano, dibújase la figura señera de la hermana del galán. El hijo sale al camino y va hacia ella. De pronto, cesan los tiros que detonaban en el nocturno)*

La Pobre: Una limosna, hermanas. *(En el quicio de la puerta está, encorvada, toda harapos, toda arrugas, la pobre)*

La Santera: ¡La noche ha recobrado su calma!... *(Míranse aterradas las mujeres e instintivamente santíguanse e inician, con un tenue moscardoneo, un rezo. Una quietud imponente parece extenderse por todo. Sólo en el hogar crepitan los tojos agonizantes)*

La Madre: ...Y mi corazón... ¡pugna por hallarla también! *(Las viejas se han arrodillado y mascullan un rezo monótono y cansino. Lentamente baja la madre los escalones y va hacia la puerta. A contrafuego recórtanse, ya juntas, las siluetas del hijo y de la hermana del galán. Una voz viril, amortiguada por la distancia, desgránase en los altibajos y en las quiebras difíciles de una canción)*

Un Cantante:

"En toda la quintana
ya no hay quien baile,
que murió la zagala
mejor del valle."

(Los brazos de la madre, extendidos en cruz, abarcando todo el paisaje ensombrecido, abrazando a los dos enamorados, ya enlazados y fundidos en una sola figura sobre el horizonte rojizo, van cerrándose, con las dos hojas de la puerta, sobre la última estrofa de la canción. En una acorde letanía de voces cascadas, siguen rezando las viejas)
La Madre: ...y hágase Tu voluntad... *(...y sigue y sigue el rezo)*

FIN DE LAS ESTAMPAS DRAMÁTICAS

COMPLEMENTO LÍRICO

jun-toal mo-li-no, ma-dre le-re le-re
Por que a-lli, vi-ve ma-dre le-re le-re

hue-le a ro-me-ro le-re hue-le a ro-
la que yo quie-ro le-re la que yo

poco a poco rit mucho

me-ro le-re hue-le a ro-me-ro le-re le-
quie-ro le-re la que yo quie-ro le-re le-

Lento

re hue-le a ro-me - - - - ro
re la que yo quie - - - - ro

104

Andantino

Al de - jar - te mo - li - ne -
ra no sien - to tan - ta a - go - ni -
- a por - que ten - go la
cer - te - za de que pron - to has
à tempo   de ser mi - - a ¡l - ju - ju ¡

105

-Andante-

A la mo-za mas her-mo-sa

de to-dos es-tos con-tor-nos con a-mo-res

no se la lo - - gra

de to-dos e-tos con to - - nos

con a-mor no se la lo-gra que hay que com-pra-

ar la con o - - ro

mo - li - no que mue-les tri - go a-

-gua que le haces mo-ler re - cuer-da a la mo-li-

ne - ra que es pa-ra-mi su que - re -

- - - - er.

Tengo de ir al molino

- Andante -

Ten-go de ir al mo-li - - - - - no aun-que me muera de fri - - - - o - - por ver si pue-do - - - tra-
y si con-mi-go vi-nie - - - - - ra que to-do pudie-ra se - - - er an-te Dios en el - - - al-

-e - - er la mo-li-ne - ra con - mi-go
-ra - - ar yo le hari-a mi - muje-er

Y el mo - - li-no al mo-le - - er

y el murmu - - llo del a - - gua

a - vi van mi a-mor y a-rru-llan el de mi a-ma-da.

108

A es-tas al - tu - ras lle-ga-mos

Ul - ti - mo di - a del a - ño

Pa - ra empe - zar el que vie - ne

pe - di - mos el a - gui - nal - do.

Mod^{to}

Tie - ne la mo-li - ne-ra vie-jo mo-li-
no. Tie - ne la mo-li - ne-ra viejo mo-li - no mo- ler es su fa-
-e - na y es su mar-ti - rio ¡Ay,
mo - li-ne - ra da le a la rue-da Da-
le aun-que el dar le se-a tu con-de - na.

adagio mosso

En to-da la Quin-ta-na ya no-hay quien bai-le que mu-rio la za-ga-la me-jor del va-lle me-jor del va-lle si me-jor del va-lle si me-jor del va - lle.

111

NOTAS AL MARGEN

(I) Llaman **Saludador** –dice D. Aurelio de Llano Roza de Ampudia, en su obra *Del folklore asturiano*– al individuo que se dedica a embaucar a la gente curando toda clase de enfermedades de personas y animales nada más que con soplarles, echarles saliva y diciendo conjuros. Y **Ensalmador** al que cura las fracturas de huesos y emplea ensalmos. En la actualidad, los **Ensalmadores**, bajo el nombre de curanderos, siguen ejerciendo su **profesión**.

Ya en su *Teatro crítico* hacía referencia el Padre Feijóo a los saludadores cuando escribía: "como gente rústica, no distinguen cuales prácticas son supersticiosas, y cuáles no. Pero esta solución no ha lugar, porque los Saludadores por lo común son examinados, o por los señores Obispos o por el Santo Tribunal: por consiguiente, si en su práctica hallasen alguna circunstancia supersticiosa los desengañarían, y aún los prohibirían debaxo de graves penas el exercicio". Lo que prueba que el ejercicio de los Saludadores era permitido, pero el Padre Feijóo pone, también, en boca de un embaucador de tal especie la siguiente confesión: "Me va lindamente porque con soplar los días de fiesta gano lo que he de menester para holgar, comer y beber toda la semana".

En un entremés, titulado *El ensalmador*, escrito en bable, a mediados del siglo XVII, el Arcipreste D. Antonio González Reguera fustiga graciosamente a tales individuos.

Y, por último, D. Marcelino Menéndez Pelayo, en su *Historia de los heterodoxos españoles*, dice, refiriéndose a las prácticas de los curanderos: "Como se ve estamos en plena evocación nigromántica, no para atraer, sino para ahuyentar espíritus."

(II) "En muchas parroquias –asegura D. Aurelio de Llano en su estudio sobre las costumbres asturianas– se toma el pan de caridad. Una persona lleva un pan a la Iglesia y el cura lo bendice al ofertorio de la Misa. Acto seguido, en la sacristía dividen parte de él en pequeños pedacitos y los colocan a la puerta de la Iglesia en una cesta tapados con una servilleta". "La persona que llevó el pan el templo coge un trocito de la cesta —añade— y se lo lleva a casa del vecino que le 'toca dar el pan de la caridad' el domingo siguiente, porque esta limosna la dan los vecinos por turno." "Los fieles, al salir de la Iglesia, toman de la cesta un trocito de pan. Y la parte que no fue dividida la subastan en el pórtico; su producto es destinado a oficios por las ánimas."

(III) "Es el ya citado D. Aurelio de Llano el que dice: "Los labradores y jornaleros otorgan escrituras de capitulaciones matrimoniales, porque así les conviene debido a la costumbre que tienen de casar —entroncar, como ellos dicen— para casa de los padres", al hijo o hija que más les convenga, que, suele ser por lo general el varón de más edad." "Ocho días antes de 'echar el primer pregón', se reúnen los padres de los novios para hacer el **tratau** de la dote que han de dar a sus hijos." "Y cuando todos están conformes con el **tratau**, desde el sitio donde están reunidos van a la notaría a hacer la escritura de la 'sociedad familiar', consuetudinaria en Asturias". "En otros concejos, el **tratau** lo escriben con toda sencillez en un papel simple, el cual firman los interesados y varios testigos. A este documento lo llaman 'la carta dotal".

D. Constantino Cabal de un modelo de documento de esta clase: "En el lugar de tal... fecha de tantos... reunidos los firmantes y previa conformidad de los interesados... acordaron... Y a fin de que puedan llevar con facilidad las cargas matrimoniales, somos gustosos en darles la finca A, valorada en tal cantidad, la finca B, valorada en tal otra, una pareja de vacas, valorada en tanto, tantas ovejas, valoradas en cuanto..."

Refiriéndose a las instituciones jurídicas locales, en su *Monografía de Asturias*, dice D. Félix de Aramburu y Zuloaga: "Pero entre estas instituciones, la llamada 'sociedad familiar' reviste forma que no sin fundamentos sugiere el recuerdo de la **sept céltica**, toda vez que en

114

aquélla como en ésta se trata de una colectividad formada entre matrimonios del mismo linaje para el aprovechamiento de la propiedad rústica; y las investigaciones de Sumner, Maige, Bogisic y otros, no son, por ende, para nosotros extrañas o indiferentes. Dentro de esa sociedad la mujer asturiana figura con personalidad y derechos correspondientes, que nadie con mejores títulos hubiera conquistado; pues sólo la parte que se toma en las más rudas labores del campo, con varoniles alientos, que no la despojan, sin embargo, de los propios encantos y sentimientos entrañables de su sexo, la colocan con justicia en un pie de igualdad perfectamente comprensible. La aldeana de Asturias, dicho sea de paso, no es aquella criatura inferior, necesitada de perpetua tutela, al estilo de la vieja Roma: ni el pasivo instrumento de placer, recluida y guardada por el celoso señor, a la usanza oriental: es la verdadera compañera del hombre y, en cuanto cabe, es aquella mujer fuerte de la que dicen los libros santos que tiene 'grande y elevado precio'.

También el señor Ferreiro Lago, en su libro *El Código Civil: cuestiones selectas*, trató de la 'compañía familiar' que, como en Asturias, existe en Galicia, desde tiempo inmemorial, discutiendo su persistencia y validez como derecho consuetudinario.

(IV) Disienten los ya citados D. Constantino Cabal y D. Aurelio de Llano y Roza de Ampudia en la explicación del 'cantelo' ya que, mientras éste dice que "llaman **cantelo** a un **roscu** (torta) de pan que después del banquete de boda reparten los novios en pequeñas tajaditas entre sus vecinos, y al mismo tiempo les dan a beber un sorbo de vino", añadiendo que "este reparto de pan y vino coloca a los esposos en comunión amistosa con el pueblo, como colocaba a los esposos griegos en comunión religiosa mutua y en comunicación con los dioses domesticos"; D. Constantino Cabal, en su libro *Las costumbres asturianas*, dice: "El pan de la madrina era de trigo, se llamaba de 'cantello' e iba partido en pedazos, cuando no lo formaban muchos bollos". "En algunos pueblos —vuelve a disentir

115

el señor Llano del señor Cabal– el pan lo amasan con azúcar y huevos".

(V) En su *Colección de poesías en dialecto asturiano*, publica D. J. Caveda una composición titulada *La vida de la aldea*, en la que se describe una carrera:

> "Como llozanos potros desbocados
> Q'el vientu corten sin tocar l'arena,
> unos tras d'otros van precipitados;
> el pechu francu, suelta la melena;
> los brazos, fasta el codu remangados,
> del triunfu y la esperanza l'alma llena,
> sin zapatos, sin calces, sin ropia,
> más lixeros que cuete en romería.
> Nube de polvo entonces se llevanta,
> y n'ella envueltu el mozu que ya espera
> con fartu empeñu y con lliviana planta,
> el término tocar de so carrera,
> cede y sé atrasa al otru que se llanta
> metános xunto á él, y lu supera
> en piernes y en alientos, y la grita
> y les palmades del que mire excita.
> Y allega más forzudu y más arteru,
> sudorientu, llivianu, espolvoridu,
> a tocar é nos teyos el primeru,
> y allí mismo por todos declaradu,
> ye el rey de la coída, y gayasperu
> recibe de les manes de una ñeña
> del vencimientu la esperada enseña."

"Cuando se coge el trigo –escribe D. Aurelio de Llano– el último día de la cogida, se coloca un joven a cada lado de la **estaya** final, y avanzan cuanto pueden en el tajo para ver cuál de los dos sale primero de él y gana la **cuayada**. Pero la impaciencia les hace adelantarse y en un momento dado, emprenden veloz carrera para coger la última espiga de la linde. Al cogerla, emiten un ijujú vibrante, y con el brazo alzado mostrando en su mano el dorado fruto, retornan ligeros para echarlo en la macona, la cual es conducida a toda prisa por dos mozas que salen corriendo al encuentro de cada uno de los jóvenes para felicitarles por el triunfo".

(VI) Ya el P. Feljóo, en sus *Cartas*, hizo referencia a estas gacetas, llamándolas **librejos manuscritos**, y afirmando haber visto una "que daba razón de los sitios donde estaban sepultados tesoros y otro que contiene los conjuros con que se desencantan". Sin duda se refieren tales escritos a los yacimientos de que ya hablaba Plinio cuando decía: "Asturias, Galicia y Lusitania juntas han producido en un año 20.000 libras de oro, de las cuales la mayor parte salió de Asturias". Y modernamente Schultz decía: "Minerales preciosos fueron explotados con increíble afán y constancia en la región occidental de Asturias en la remota antigüedad" y "en 1844, al tiempo de trabajar en el ensanche del camino de Luarca a Cangas, que pasa por el poniente de una antigua explotación, se halló una pepita de oro del peso de 52 onzas, habiéndose encontrado después otras de menos valor."

(VII) Y en esto se acaba el año –dice Cabal en su obra *El individuo*– y hay que decirle adiós con todo el rumbo la noche de San Silvestre, y que "echar los devotos" –las 'estrechas'. Las mozas se dicen por la tarde: ¡La reunión de esta noche en casa de Fulano o de Zutano!... Se juntan en la casa con los mozos, y escriben en papel los nombres de ellos, los de ellas [...] Luego se hacen billetitos, se dividen en dos grupos, de acuerdo con el sexo de los nombres, y se meten en dos gorras. Luego, comienza el sorteo: por cada billetito de mujer se saca otro de varón, y se forman las parejas."

(VIII) En su estudio de las *Supersticiones asturianas* dice D. Aurelio de Llano: "El **huevo del gallo**: A los siete años de edad, el gallo pone un huevo pequeño dentro del cual hay una serpiente".

(IX) En su *Monografía de Asturias*, señala Aramburu como causas de la emigración de los asturianos "el exceso de población, necesitada de expansiones territoriales por la deficiencia del territorio nativo; las dificultades con que lucha la existencia de los individuos por la falta de ocupación o trabajo fructuoso o en correspondencia con las necesidades creadas; el espíritu aventurero; la fuerza del ejemplo, tentador por la presencia de afortunados ensayos; las persecuciones y las luchas que hacen insostenible la convivencia armónica de elementos más o menos durablemente contrapuestos". Y más adelante, añade: "pero si aseguraremos que, para el astur neto, nada hay que acierte a borrarle su recuerdo durante la ausencia; nada hay que arranque de su ánimo el propósito de restituirse, en plazo más o menos largo, al punto de partida, una vez obtenido el logro de aquel afán que hubo de alejarle". "La emigración es individual (el hogar queda en pie, con sus padres, con sus hermanos)."

(X) "La mar —según una superstición asturiana que recoge D. Aurelio de Llano— está soltera porque no cae sobre ella, desde el cantil, un río grande."

(XI) "Era uso, cuando la dama iba a vivir al pueblo del galán —según D. Constantino Cabal en su estudio *El individuo*— llevar el menaje en el carro o los carros más chillones que se encontraran a mano en todas las quintanas conocidas de las familias de los novios. Los esquilones que se utilizaban para tales menesteres, eran los más sonoros y brillantes, y llegaban al máximo de lujo si colgaban de pieles de 'melandru'.

"En el centro del carro va un arca o baúl con la ropa blanca, y a su alrededor, algunos sacos de trigo y los enseres que componen el

118

ajuar –añade Llano. Encima de todo esto va hecha la cama matrimonial en la que resaltan los encajes de las sábanas, de las almohadas y los primores de la colcha. Y, por último, en la delantera, va 'la cesta de la madrina' adornada con lazos y llena de pan, huevos, manteca y dulces. La novia monta a caballo, después montan los convidados y la comitiva se pone en marcha disparando cohetes y tiros de escopeta."

(XII) De las coplas asturianas escribía D. Gaspar Melchor de Jovellanos: "El objeto de esta poesía es ordinariamente el amor, o cosa que diga relación a él. Tal vez se mezclan algunas sátiras o invectivas, pero casi siempre alusivas a la misma pasión, pues ya se zahiere la inconstancia de algún galán, ya la presunción de alguna doncella, ya el lujo de unos, ya la nimia confianza de otros y cosas semejantes. Lo más raro, y lo que más prueba la sencillez de las costumbres de estas gentes, es que tales coplas se dirigen muchas veces contra determinadas personas; pues, aunque no siempre se las nombra, se las señala muy claramente, y de forma que no puede llevarse de la alabanza o la invectiva."

(XIII) "Cuando un pastor va a una majada a cortejar –dice D. Aurelio de Llano– si ve que a la puerta de la cabaña hay un cayado, sigue de largo sin hablar con la joven, porque aquel cayado, es señal de que su dueño, otro pastor, está dentro cortejando."

(XIV) "Estuvo muy extendida la costumbre de 'ofrecerse' a mandar rezar por las ánimas" –según señala en su obra sobre las costumbres de la región el tantas veces citado D. Aurelio de Llano Roza de Ampudia– "A deshora de la noche, el que hace la oferta se asoma al corredor o a la ventana de su casa y dice en alta voz..." "Otras veces, la persona va por las calles del pueblo a media noche tocando la campanilla, y al llegar a una casa, golpea la puerta... En otros sitios, se suben a un alto para mandar rezar..."

(XV) "Cuando aúlla al pie de la casa de un enfermo, éste morirá pronto", dice del perro una arraigada superstición.

(XVI) "Cuando el lobo ve a una persona, ésta enronquece si no se da cuenta de que el lobo la ha visto" —según una superstición que recoge en su libro *Del folklore asturiano* Don Aurelio de Llano.

(XVII) Don Juan Menéndez Pidal en su libro de *Poesía popular*, recoge un romance titulado *El Cueto Lloro* que dice:

> "¡Ay, que una xana hechicera
> lavando está en fuente noble,
> lavando cadejos de oro
> vestida de mil amores! ..."

En su obra *Avilés* dice de las **xanas** Don Manuel Álvarez Sánchez que son especie de ondinas, que el vulgo cree habitan en los manantiales, de donde salen en determinados, días", y añade, refiriéndose a una a la que dedica poético estudio, que "aparece tejiendo, con hilos de oro, una corona mural para ceñir la frente del primero que tenga la dicha de verla, a las doce en punto, la noche de San Juan."

Don Félix de Aramburu y Zuloaga, en su *Monografía de Asturias*, escribe: "Las **Xanas** son ninfas de singular belleza, de diminutas y correctas formas y de fascinadora mirada, que moran bajo el cristal de las fuentes, en recónditas grutas, donde tejen madejas de oro, teniendo allí encantados, niños, damas, caballeros, y, sobre todo moros. Al caer de una tarde apacible salen ligeras a correr por las espesas arboledas y por los altos montes, dando el viento sus finos cadejos, para volver presurosas a sus ocultas moradas apenas el sol despunta. En la mañana de San Juan, al brillar el lucero matutino, salen coronadas de blancas rosas, fórmanse en círculo y bailan la **giraldilla** en torno de su reina, la Xana-reina, de mayores proporciones y belleza que las otras, cantando el nacimiento de la

120

flor del agua, que es el ideal anhelado de doncellas y mancebos de la aldea; porque quien logra cogerla, desencanta un caballero o una dama que le servirá de pareja para gozar de indefectible ventura".

(XVIII) "Hasta hace poco tiempo –dice en su estudio de las costumbres asturianas Don Aurelio de Llano– el cádaver era envuelto en un **sábanu** de lino o de cáñamo, y en andas, sin tapa, cubierto con un paño negro llamado 'paño de las ánimas' –excepto la cara, que iba tapada con la bula y alguna vez al descubierto– era conducido al cementerio." "En la actualidad, en las aldeas, mientras hacen el funeral, el cadáver está en el pórtico del templo."

(XIX) En el libro, de autor anónimo, *Recuerdos de un viaje por España*, se lee: "En algunos concejos todos los parientes del difunto hacen cada uno su ofrenda u oblada, además de la de la casa mortuoria, las cuales se depositan y permanecen en la Iglesia durante la misa de réquiem." "Delante del féretro –dice el señor de Llano– va una o dos mujeres cubiertas con velo negro, llevando en la mano una jarra de plata."

(XX) "Luego viene Villajane –relata D. Aurelio de Llano en su libro *Bellezas de Asturias*– donde hay una capilla en la que entran las mujeres que catan en el último mes de su embarazo a raspar el ara con un cuchillo; el polvo que obtienen de ella lo toman con agua "para salir bien del cuidado."

(XXI) "El morirse de parto santifica a las mujeres y las libra del riesgo del infierno", dice Don Constantino Cabal en su obra *El inlividuo*.

(XXII) Seguimos tomando notas del libro del señor Llano *Mitos, supersticiones, costumbres*: "En Asturias, entre los naturales del país, hay muy pocas supersticiones referentes a los partos y embarazos; los **antojos**, y que si devanan una madeja sale el cordón umbilical enrollado al cuello del niño, que si al subir una escalera echan delante el pie derecho darán a luz un varón."

(XXIII) En su obra *La mitología asturiana,* escribe Don Constantino Cabal: "Antaño, acompañaban al cadáver unas cuantas **lloronas** a jornal, y hacia la parte de Mieres dicen que lo acompañan todavía. En pueblos como el de Lena va al entierro todo el pueblo, y todos echan sus lágrimas".

(XXIV) "Cuando moría un niño sin bautizar, lo enterraban en los **pellovios** de la Iglesia, o sea debajo del alero, en el sitio donde cae el agua de las tejas" –indica también Don Aurelio de Llano Roza de Ampudia en su citada obra *Del folklore asturiano.*

(XXV) "Llevan –dice el señor Llano– como ofrenda varias monedas hincadas verticalmente en una vela, del medio hacia arriba".

(XXVI) Leemos en el libro *Mitos, supersticiones, costumbres:* "El alma sale por la nariz; no puede salir por la boca porque con ésta se peca."

(XXVII) "El 'ramu' consiste en un armatoste de madera, a modo de pirámide cuadrangular truncada, de un metro cuarenta centímetros de alto aproximadamente, montado sobre unas andas con cuatro pies. El día de la fiesta del pueblo lo cubren con roscas de pan, en su interior colocan carnes saladas y mantecas, le adornan con flores, pañuelos y cintas de seda, y a hombros de cuatro mozos o mozas –según la distancia– y disparando cohetes y tiros de escopeta, lo llevan a la Iglesia y lo colocan cerca del altar" –dice Don Aurelio de Llano en su tratado *Del folklore asturiano*– "Después de la misa se subastan los ramos delante de la Iglesia."

(XXVIII) En la *Historia de los heterodoxos españoles*, Don Marcelino Menéndez y Pelayo dice: "¡Lástima grande que se haya perdido un libro intitulado **Cervus** o **Kerbos** que escribió San Paciano de Barcelona, contra la costumbre que tenían sus diocesanos de disfrazarse en las calendas de enero con pieles de animales, y especialmente de ciervo para correr de tal suerte las calles pidiendo **estremas** o aguinaldos y cometer mil excesos y abominaciones! Parte de estas costumbres quedan ya en las fiestas de principio de año, ya en las carnestolendas.

"A los 'guirrios' o los 'bardanos', personas que bailan bajo disfraces grotescos o de animales, hay que añadir los 'zamarrones' que son curiosa supervivencia de los "fecdores de los zaharrones" mencionados en *Las Siete Partidas*." —escribía Don Ramón Menéndez Pidal.

"Los jugadores, et los remedadores, et fazedores da los zaharrones —decía el Rey Sabio— que públicamente antel pueblo cantan y baylan o facen juegos por prescio"

(XXIX) "Delante van seis u ocho jóvenes vestidos decentemente de blanco y llevan antifaz; cubren sus cabezas con una toca puntiaguda adornada con campanillas y cintas; las tocas suelen hacerlas sus novias. Y van abriendo marcha dando saltos con ayuda de sendos palos. Detrás van los **esterones**, llamados así porque llevan una especie de casulla hecha con estera nueva, y pendientes de la cintura llevan unos cuantos cencerros grandes, y en la cabeza un pañuelo colocado al estilo de los aragoneses, antifaces y palos para saltar. A continuación de los **esterones** y vestidos con arreglo al papel que cada uno ha de desempeñar; va la 'cuadrilla' dispuesta para representar la comedia que de antemano ha ensayado" —escribe Don Aurelio de Llano refiriéndose a los **guirrios**— "Caminan al son de la gaita y del tambor, y los esterones marchan dando saltitos para que suenen los cencerros al compás de la música."

123

(XXX) El mismo autor tantas veces citado dice: "Las figuras principales de los **bardancos** son: Marica, mujer vieja y en cinta. Y su marido, de edad avanzad." "De pronto, Marica comienza a quejarse de dolores de parto y pide un médico... Cogen a uno cualquiera del público. Lo llevan delante de la parturienta y le dicen: Señor médico, mire a ver cómo viene eso... Al fin, Marica 'da a luz' un gato que tiene atado bajo la saya. El público echa a correr a palos detrás del 'recién nacido', y se acabs la función."

(XXXI) "El **antroxo** (antruejo), en las aldeas se reduce a una pequeña diversión de la juventud, el martes por la tarde; los mozos y las mozas se tiznan mutuamente la cara con hollín, y la chiquillería recorre las calles tocando campanillas y cencerros. Después de cenar y de tomar les **fayueles**, los mozos o los rapaces, se acercan a las puertas de algunas casas y dicen: Fulano, ¿antróxaste? Pues, si no antroxaste, ¡antroxa! Y tiran un puchero contra la puerta –así dice Don Aurelio de Llano de Roza Ampudia.

(XXXII) Es también en el libro *Del folklore asturiano* donde leemos: "Echar el goxu consiste en ir los vecinos de un pueblo, el martes de carnaval por la noche, a lanzar rodando por una pendiente abajo, en dirección al pueblo al cual van a desafiar, un **goxu** (macona) lleno de hierba ardiendo y, al mismo tiempo que lo lanzan, gritan: ¡Muera el pueblo A y salga!... "Mozos y mozas van tocando cencerros y cantando; cada uno lleva en la mano un **manceu** (haz de paja) ardiendo, y los mozos disparan tiros... con un gato dentro y la paja ardiendo."

Esta obra se encuentra depositada
en el Archivo Histórico de Asturias.
José Francés, Ignacio Aguilera,
Álvaro Arias y Luis Méndez Toca,
decidieron premiarla como el mejor drama
presentado al Premio de dramas, en el
Concurso de Teatro regional asturiano, convocado
por la Excma. Diputación Provincial de Oviedo 1941

www.ingramcontent.com/pod-product-compliance
Lightning Source LLC
Chambersburg PA
CBHW070754120626
46557CB00002B/586